I0417789

VOM DRACHEN GELIEBT

Die Stonefire-Drachen
Buch 6

JESSIE DONOVAN

Mythical Lake Press, LLC

Impressum

Dies ist eine erfundene Geschichte. Namen, Figuren, Orte und Ereignisse sind entweder ein Fantasieprodukt der Autorin oder werden fiktiv verwendet. Jegliche Ähnlichkeit mit Personen, lebend oder tot, Geschäften, Ereignissen oder Orten ist rein zufällig.

Vom Drachen geliebt

Englisches Copyright 2015 Laura Hoak-Kagey

Deutsches Copyright 2023 Laura Hoak-Kagey

Deutsche Übersetzung von Anna Drago und Katrin Dolle

Mythical Lake Press, LLC

www.JessieDonovan.com

Alle Rechte vorbehalten. Dieses Buch oder Teile davon dürfen ohne die ausdrückliche schriftliche Genehmigung der Autorin nicht vervielfältigt oder in irgendeiner Weise verwendet werden. Ausgenommen sind kurze Zitate im Rahmen einer Buchbesprechung.

Cover-Art von Laura Hoak-Kagey von Mythical Lake Design

ISBN: 978-1944776794

Die Stonefire Drachen und Lochguard Highland Drachen Serien sind miteinander verflochten. Da so viele Leser nach der Lesereihenfolge fragen, habe ich sie in dieses Buch aufgenommen. (Diese Liste gilt ab April 2026.)

Dem Drachen geopfert (Stonefire Drachen #1)
Den Drachen verführen (Stonefire Drachen #2)
Die Drachen offenbaren (Stonefire Drachen #3)
Den Drachen heilen (Stonefire Drachen #4)
Den Drachen wiedererwecken (Stonefire Drachen #5)
Das Dilemma des Drachen (Lochguard Highland Drachen #1)
Vom Drachen geliebt (Stonefire Drachen #6)
Der Drachenwächter (Lochguard Highland Drachen #2)
Dem Drachen ergeben (Stonefire Drachen #7)
Das Drachenherz (Lochguard Highland Drachen #3)
Vom Drachen geheilt (Stonefire Drachen #8)
Der Drachenkrieger (Lochguard Highland Drachen #4)
Dem Drachen helfen (Stonefire Drachen #9)
Den Drachen finden (Stonefire Drachen #10)
Vom Drachen ersehnt (Stonefire Drachen #11)
Die Drachenfamilie (Lochguard Highland Drachen #5)
Skyhunter gewinnen (Stonefire Drachen Universum #1)
Die Entdeckung des Drachen (Lochguard Highland Drachen #6)
Snowridge Verwandeln (Stonefire Drachen Universum #2)

Kapitel Eins

Evie Marshall drehte sich zu gefühlt hundertsten Mal innerhalb der letzten Stunde in ihrem Bett um. Während sie achteinhalb Monate Zeit gehabt hatte, um sich mit ihrem geschwollenen Körper und dem Überschuss an Hormonen abzufinden, hatte sie normalerweise Brams warme, beruhigende Präsenz im Rücken.

Nicht heute Nacht.

In den vergangenen Wochen hatte Bram viel Zeit mit Kai Sutherland verbracht, dem obersten Beschützer des Stonefire Clans, und Finn Stewart, dem Clanführer der schottischen Drachenwandler. Das Trio arbeitete an Plänen, mithilfe eines menschlichen Soldaten namens Rafe Hartley die Drachenjäger aufzuspüren. Die rationale Seite von Evies Verstand wusste, dass der Schutz des Clans oberste Priorität hatte und Bram nichts mehr wollte, als sich an ihren Rücken zu schmiegen. Doch ihre

Schwangerschaft ließ ihre rationale Seite drei Viertel der Zeit auf der Ersatzbank sitzen, damit sie einen Wirbel veranstalten konnte.

Alles, was sie wusste, war, dass jede Faser an ihr sich schmerzhaft nach Brams Berührung sehnte.

Tränen brannten in ihren Augen, und Evie wischte sie weg, während sie ihre verdammten Schwangerschaftshormone verfluchte. Welche Schwangere auch immer behauptete, diesen Zustand zu genießen, musste lügen. Sich zu übergeben, zuzunehmen und die Kontrolle über sein wahres Ich zu verlieren, war die schlimmste Erfahrung ihres Lebens. Und wenn man bedachte, dass sie von einer Gruppe Drachenjägern entführt und für mehrere Tage gefangen gehalten worden war, wollte das schon etwas heißen.

Dann trat ihr Baby, und Evie legte eine Hand auf ihren Bauch. *Tut mir leid, Kleines. Mommy liebt dich wirklich. Aber wenn du eher früher als später kommen könntest, wäre ich dir sehr dankbar.*

Ihr Baby trat wieder. Angesichts des dickköpfigen Vaters ihres Kindes hatte es wahrscheinlich gerade nicht Ja gesagt. Es war wahrscheinlicher, dass er oder sie so lange wie möglich in dem kleinen Swimmingpool in ihrem Körper rumhängen wollte.

Mit einem Seufzer drehte sich Evie um und starrte auf die leuchtenden weißen Ziffern der Uhr neben dem Bett. Drei Minuten waren vergangen, seit sie das letzte Mal einen Blick darauf geworfen hatte. Wenn sie Drachen zählen würde, die über ihnen flogen, könnte sie sich vielleicht genug beruhigen, um einzuschlafen.

Gerade als sie bei dreihundertzweiundvierzig angekommen war, hörte sie, wie die Haustür zu ihrem und Brams Cottage sich knarrend öffnete. Evie griff nach dem Cricketschläger neben dem Bett, stand auf und stellte sich neben die Schlafzimmertür. Es konnte Bram sein, aber angesichts all der Angriffe und Gefahren in den Monaten, die sie beim Stonefire-Clan verbracht hatte, ging Evie kein Risiko ein.

Jemand stieg die Treppe hinauf und blieb im Flur stehen. Da Evie nur ein Mensch war und kein scharfes Drachenwandler-Sehvermögen besaß, konnte sie in der Dunkelheit nur eine große, hohe Gestalt erkennen. Sie hielt den Cricketschläger fester und wartete, ob der Eindringling etwas sagen würde.

Eine vertraute neckende Stimme füllte die Luft. „Da du den Schläger schon bereit hast, sollte ich meinen Schwanz schützen, Liebes? Ich kann mich nicht erinnern, dich verärgert zu haben, aber ich könnte mich irren und möchte vorbereitet sein."

Evie seufzte und schaltete das Licht an. Nachdem sie ein paarmal geblinzelt hatte, erkannte sie Brams dunkles Haar, blaue Augen und die große, muskulöse Statur im Flur. „Vielleicht sollte ich dir einen Vorgeschmack auf das geben, was ich in einigen Wochen ertragen werde, falls deine ‚kleine Evie' beschließt, überhaupt jemals zu erscheinen."

Brams Augen zeigten sich kurz besorgt, und er

durchquerte den Raum zwischen ihnen. Nachdem er ihr den Schläger aus den Händen gerissen und ihn beiseite geworfen hatte, hüllte er ihren Körper in seine starken Arme. „Hast du Schmerzen? Soll ich Dr. Sid rufen?"

Evie schob sich zurück, bis sie in Brams Augen sehen konnte. Sie runzelte die Stirn. „Ich weiß nicht, wie oft ich mich noch wiederholen muss, aber wenn ich einen Arzt brauche, lasse ich es dich wissen." Sie neigte den Kopf und musterte seine Augen. „Die größere Frage ist, warum du so früh zurück bist. Ich hatte erwartet, dass du wieder die ganze Nacht unterwegs sein würdest."

„Finn hat mich wahnsinnig genervt, also habe ich die Videokonferenz verlassen."

Evie versuchte, nicht zu lächeln. „Eines Tages wirst du zugeben, dass er wie der Bruder ist, den du nie hattest."

Bram knurrte. „Wenn er wirklich mein Bruder wäre, hätte ich ihm schon als Teenager den Hals umgedreht. Sei froh, dass er es nicht ist, denn dann würde ich lebenslänglich im Gefängnis sitzen und könnte das hier nicht machen."

Bram schmiegte sich an sie und knabberte sanft an der Stelle, wo ihr Hals auf ihre Schulter traf. Während er die brennende Stelle leckte, schmiegte Evie sich in seine Berührung. „Irgendwann wird das bei mir nicht mehr funktionieren."

Sein Atem war heiß an ihrer Haut, als er murmelte: „Wenn das jemals passiert, dann, meine

Liebe, treib mir einen Pflock durchs Herz, denn mein Leben wäre nicht mehr lebenswert."

Ihr Herz klopfte stärker, und Tränen stachen erneut in ihren Augen. „Bram."

Er lehnte sich zurück, und seine Pupillen blitzten zu Schlitzen und zurück. „Du weißt, mein Drache mag es nicht, wenn du weinst, Liebes."

Evie schniefte. „Sag deinem Drachen, es ist seine Schuld, dass er mich geschwängert hat. Ich hoffe, der kleine Murray und das neue Baby reichen, um unsere Familie zu vervollständigen, denn ich glaube nicht, dass ich das noch einmal tun kann. Ich kann dem Clan nicht helfen oder versuchen, meine vermisste Freundin Alice zu finden, wenn mich die kleinste Aktion in ein blubberndes Chaos verwandelt. Es braucht so schon alle Energie, die ich nicht besitze, um in der Öffentlichkeit nicht zusammenzubrechen."

BRAM MOORE-LLEWELLYN STREICHELTE die Wange seiner Gefährtin. „Ich bin mir nicht sicher, ob zwei Babys genug sind."

Evie blinzelte. „Was?"

Sein Drache knurrte. *Provozier' sie nicht. Das ist nicht gut für das Baby.*

Wenn Evie weint und traurig ist, ist das nicht gut für das Baby. Ich habe einen Plan.

Sein Tier schüttelte nur den Kopf und wartete, um zu sehen, was Bram tun würde.

Bram antwortete: „Zwei sind nicht genug. Wir sollten drei, vielleicht vier haben."

Evie verengte die Augen. „Finde du einen Weg, ein Kind neun Monate lang zu tragen und es zu gebären, und dann werden wir darüber reden. Bis dahin wird das nicht geschehen."

Einer seiner Mundwinkel hob sich bei ihrer knurrenden Stimme. „Ich bin sicher, dass ich so meine Wege habe, dich zu überzeugen."

Evie sah sich um. „Wo ist dieser Schläger?"

„Schließlich gibt es auf der Welt viele Halbdrachenwandler-Babys, die Eltern suchen."

Seine Gefährtin sah ihm wieder in die Augen. „Redest du von Adoption?" Er nickte, und versetzte ihm einen Klaps auf die Brust. „Warum zum Teufel hast du das dann nicht von Anfang an gesagt?"

Er grinste und zog Evie näher an sich. „Weil ich es liebe, wie deine Wangen rosa werden, wenn du wütend und entschlossen bist, meine Meinung über etwas zu ändern."

„Bram Moore-Llewellyn, ich bin im neunten Monat schwanger und bis zum Anschlag voller Hormone. Unter normalen Umständen wäre ich in der Lage, mich davon abzuhalten, dich zu töten. Aber im Moment sieht es langsam nach der besseren Option aus."

Bram zwinkerte. „Du weißt, dass du mich liebst." Sie knurrte als Reaktion, und er lehnte sich an ihr Ohr und flüsterte: „Außerdem bist du jetzt nicht mehr im Begriff zu weinen. Du solltest mir wirklich danken, Liebes. Ich weiß, wie sehr du es hasst zu weinen."

Als er ihre Wange küsste, stieß Evie einen Seufzer aus. „Manchmal wünschte ich, du wärst nicht so verdammt anstrengend."

„Dann würdest du dich langweilen." Er streichelte ihre Wange mit seiner eigenen und murmelte: „Es tut mir leid, dass ich in letzter Zeit so oft weg war."

Evie kuschelte sich an seine Brust. „Ich werde dich immer unterstützen, Bram. Das weißt du."

„Ich spüre ein ‚Aber'."

„Aber ich kann es mir anscheinend nicht bequem machen und ohne dich an meiner Seite nicht einschlafen."

Er beugte sich zurück und berührte ihre Wange. Als er ihre weiche Haut mit dem Daumen streichelte, nahm er nicht den Blick von ihr. „Mit genügend Planung und Glück wirst du mich bald anflehen, dich in Ruhe zu lassen, denn ich werde die ganze Zeit da sein."

Evie hob eine rote Braue. „Du solltest auch besser in der Nähe sein, denn ich werde ein Neugeborenes nicht allein großziehen. Wir hatten Glück mit Murray. Er ist ein sehr ruhiges Kind. Unser ungeborener Sohn oder unsere ungeborene Tochter wird jedoch wahrscheinlich ein sturer Halbdrachen-Teufelsbraten sein."

Er grinste. „Vielleicht sollte das ihr zweiter Vorname sein – Teufelsbraten."

Evie schlug seine Seite. „Erstens: wir wissen nicht, ob es ein Mädchen ist. Und zweitens: das ist der schlechteste zweite Vorname aller Zeiten."

„Hm, was ist mit Ninjamaster? Das klingt gut."

Evie verdrehte die Augen. „Warum ich mich jemals bereit erklärt habe, dir den zweiten Vornamen zu überlassen, ist mir völlig unverständlich."

„Du hast das Recht gewonnen, den Vornamen zu wählen, und ich brauchte auch etwas."

Seine Gefährtin lehnte sich wieder gegen seine Brust. „Wir werden sehen, ob ich gegen deine Wahl ein Veto einlegen werde oder nicht, Bram. Wir werden sehen."

Als Evie weiter gegen ihn schmolz, meldete Brams Drache sich zu Wort. *Mir gefallen die Ringe unter ihren Augen nicht. Hör auf, sie zu necken, und bring sie ins Bett. Bald werden wir sie monatelang nicht mehr ficken können. Ich will sie heute Nacht. Es wird ihr helfen, sich zu entspannen und einzuschlafen.*

Sex ist gerade das Letzte, woran sie denkt, Drache. Hör auf zu fragen.

Es könnte helfen, die Wehen auszulösen. Wenn du das vorschlägst, wird Evie uns reiten, bevor du zweimal blinzeln kannst.

Bram seufzte, und Evie fragte: „Ich hab' deine Pupillen blitzen sehen. Was will dein Drache denn jetzt schon wieder?" Er überlegte, wie viel er ihr sagen sollte, aber Evie fuhr fort: „In den letzten Wochen zögerst du nur dann, wenn dein Tier Sex anspricht. Er ist wirklich wie ein notgeiler Teenager, nicht wahr?"

Bram schmunzelte. „Aye, das kann ich nicht leugnen. Obwohl er ein gutes Argument angebracht hat, was Sex angeht, denn es könnte vielleicht die Wehen auslösen."

Evie zog sich zurück, ihre Augen leuchteten. *Verdammt.* Das hieß, sie hatte einen Plan.

Seine Gefährtin pikste ihm in die Brust. „Brillant, Bram. Keiner der Tees hat funktioniert, und auch nicht die langen Spaziergänge, die ich gemacht habe, aber ein bisschen harter Drachensex könnte was bringen."

Er blinzelte. „Wie bitte?"

Evie löste sich von ihm, packte seine Hand und zog daran. „Du wirst jetzt versuchen, die Wehen auszulösen." Sie zog wieder. „Komm schon!"

Er folgte ihr langsam. „Du weißt wirklich, wie man einen Drachenmann bezirzt, Mädel. Das muss ich dir lassen."

Evie sah über ihre Schulter, und ihre Augenbrauen zogen sich zusammen. „Kling bloß nicht zu begeistert. Ich weiß, dass ich im Moment so riesig wie ein großes Schiff bin, aber meine Brüste sind auch größer. Das muss doch ein Plus sein."

Sein Drache knurrte. *Sie zweifelt an ihrer Schönheit. Mir gefällt das nicht.*

Mir auch nicht.

Bram blieb abrupt stehen, zog Evie zu sich und schlang einen Arm um ihre Taille. Mit seiner freien Hand schob er seine Finger durch ihr langes, rotes

Haar. „Du bist immer noch die schönste Frau, die ich je gesehen habe, Evie Marie." Er bewegte seine Hand über ihren geschwollenen Bauch. „Die Tatsache, dass du so rund mit unserem Kind bist, macht dich noch sexyer."

Evie sah nicht überzeugt aus. Brams Drache knurrte. *Gib dir mehr Mühe, oder ich übernehme die Kontrolle und zeige ihr, wie sehr wir sie wollen.*

Bram ignorierte seinen Drachen und beugte sich nach unten, bis er einen Zentimeter von Evies Lippen entfernt war. „Wenn dich meine Worte nicht davon überzeugen, wie schön du bist, dann muss ich es dir einfach zeigen."

Bevor Evie antworten konnte, hob er sie hoch und legte sie vorsichtig auf das Bett. Im nächsten Moment war er an ihrer Seite und lehnte sich über ihren Oberkörper. „Du gehörst mir, Liebes, und das wirst du immer tun."

Und er küsste sie.

EIN TEIL VON EVIE HOFFTE, Sex mit Bram würde die Wehen auslösen. Dann konnte sie tun, was sie am besten beherrschte: planen. Ein Baby würde einen Zeitplan und eine Routine bedeuten. Die Schwangerschaft war nichts anderes als eine Störung.

Doch als Brams Zunge gegen ihre streichelte, vergaß Evie ihr Ziel, die Wehen anzuregen, und genoss einfach den würzigen, männlichen

Geschmack ihres Drachenmanns. Er hatte sie schon millionenfach geküsst, aber Bram ließ jedes Mal sich so anfühlen, als wäre es das erste Mal, indem er ihren Mund mit seiner Zunge verschlang, an ihren Lippen knabberte und danach an ihnen saugte.

Sie schob ihre Finger durch sein Haar und grub die Nägel in seine Kopfhaut. Sie konnte sich kaum daran erinnern, müde gewesen zu sein. Sie wollte Bram.

Sie hob ihren Oberkörper an, bis ihre Brustwarzen seine Brust streiften. Bram knurrte und unterbrach ihren Kuss. „Ich wollte edel sein, dich in meine Arme schlingen und einschlafen lassen."

„Und jetzt?"

Er knabberte an ihrer Unterlippe. „Jetzt werde ich nicht so edel sein und Liebe machen. Ich werde dich ficken und dich immer wieder beanspruchen."

Erregung rauschte durch ihren Körper und endete zwischen ihren Beinen. Während sie es manchmal langsam und zärtlich genoss, wollte sie, dass das, was vielleicht ihr letzter Sex für Monate sein könnte, mehr war. Viel mehr.

Evie bewegte ihre Brust gegen Brams. Die Reibung ihres Nachthemds fühlte sich gut an ihren Brustwarzen an. Evie öffnete die Beine. „Dann fühle, wie bereit ich für dich bin, Bram."

Bram schob eine Hand zwischen sie, um an ihrem sensiblen Nippel zu ziehen, und Evie stöhnte. Es war nur eine Frage der Zeit, bis das Liegen auf dem Rücken wehtun würde, aber sie konnte nicht widerstehen, „nochmal" zu murmeln.

Bram rollte ihren Nippel zwischen Daumen und Zeigefinger und beugte sich hinunter, um den Punkt hinter ihrem Ohr zu küssen. Die sanfte Liebkosung, kombiniert mit dem Kneifen ihrer Brustwarzen, sandte einen Schwall von Nässe zwischen ihre Schenkel. „Bram."

Er knurrte. „Das ist besser. Ich will nie Traurigkeit in deiner Stimme hören, wenn du meinen Namen sagst."

Sie öffnete den Mund, um etwas zu erwidern, aber dann riss ihr Drachenmann ihr das Nachthemd auf und nahm beide Brüste in seine Handflächen. Als er seine rauen Hände über ihre festen Knospen strich, stemmte Evie die Füße aufs Bett und spreizte die Beine. „Hör auf, mich zu necken. Ich will deine Hände zwischen meinen Schenkeln spüren."

Brams Nasenflügel blähten sich, als seine Pupillen zu Schlitzen blitzten. „In dem Moment, in dem ich es tue, wirst du auf deinen Händen und Knien sein, mit meinem Schwanz in dir. Mein Drache ist fast so ungeduldig, wie er es war, bevor der Paarungsrausch endlich losgegangen ist."

Anstatt die sexy Stimmung zu ruinieren, indem sie erwähnte, dass ihr Rücken anfing zu schmerzen, weil Bram sich in den überfürsorglichen Partner verwandelte, den sie nur allzu gut kannte, spreizte Evie ihre Beine einladend weiter. „Ich kann mit allem umgehen, was du mir vorsetzt, Drachenmann. Wenn du das bis jetzt noch nicht gelernt hast, wirst du es nie."

Mit einem Knurren nahm Bram ihre Lippen in einem harten Kuss, während er seine Finger mit ihrer Pussy spielen ließ. Er neckte ihre Öffnung, und Evie stöhnte. Bram zog sich zurück und sah in ihre Augen. „Geht's dir gut?"

Mit einem Knurren antwortete Evie: „Frag mich noch einmal, und ich schwöre, ich werde jemand anderen finden, der dabei hilft, die Wehen auszulösen."

Da Bram wusste, dass ihr Spotten seinen Drachen anheizen würde, verschwendete er keine Zeit. Er hob sie hoch und drehte sie um, bis sie auf Händen und Knien war. Er riss den Rest ihres Nachthemds herunter. „Du gehörst mir, Evie Marie." Er klatschte ihr auf den Po und stieß dann seinen Schwanz in sie. „Nur mir."

Sie sah über ihre Schulter und hob die Brauen. „Dann zeig es mir, Drachenmann. Fordere mich, wie du es versprochen hast, keine Zurückhaltung."

Unentschlossenheit blitzte eine Sekunde auf seinem Gesicht, bevor sie durch einen festen Kiefer und stählerne Augen ersetzt wurde. Gut. Brams Sturheit hatte gewonnen.

Dann packte ihr Gefährte ihre Hüften und zog sich heraus, bevor er wieder fest hineinrammte. Er wiederholte die Aktion, und Evie griff das nächste Kissen und legte ihren Kopf darauf. Bram hielt inne und anstatt ihn anzuschreien, wackelte sie mit der Hüfte. Das war die einzige Einladung, die Bram brauchte, bevor er sich wieder bewegte. Jeder Stoß beschleunigte den Rhythmus, bis seine Eier gegen ihr Fleisch klatschten und Evie die Augen schloss, um jedes köstliche Eindringen seines langen, harten Schwanzes zu genießen.

BRAM HATTE seinen Drachen kaum unter Kontrolle. Das Necken und die Provokationen seiner verdammten Gefährtin hatten sein Tier aufgewühlt. Es schien, als würde sein Drache es nie lernen.

Sein Tier meldete sich zu Wort. *Ich weiß, was sie da tut. Aber es gibt uns die Chance, es auszunutzen und sie hart zu ficken.*

Sein Drache schickte eine Flut von Lust durch Brams Körper. Um Mensch und Tier zu besänftigen, bewegte sich Bram schneller und versetzte Evies Po noch einen Klaps.

Das beruhigte seinen Drachen, und Bram konnte sich wieder darauf konzentrieren, seine Gefährtin zu befriedigen. Sie musste wissen, dass sie, egal wie sie aussah, für ihn immer die schönste Frau der Welt sein würde.

Er streichelte Evies geröteten Po und pumpte weiter in ihre Pussy, während er an der Seite ihres Körpers und ihrer Brust entlang streichelte. Er nahm ihre Brust in seine Hand, liebte das schwere Gewicht in seinen Händen.

Viel zu bald würde er nicht mehr die Kurven seiner Gefährtin in der Hand genießen können, wenn er sie fickte.

Sein Tier knurrte. *Dann mach, dass es zählt.*

Wenn sein Drache nicht so nah am Rand gewesen wäre wie im Moment, wusste Bram, dass auch er die kommenden Monate mit zu den glücklichsten ihres Lebens zählen würde, selbst ohne Sex. *Verdammter Drache. Ich versuche es ja.*

Bram liebkoste Evies Brust, bevor er seine Hand ihren Bauch hinunter und zu ihrer Klitoris wandern ließ. Er massierte in festen, langsamen Kreisen, und Evie hob endlich ihren Kopf mit einem weiteren Schrei. „Ja, härter!"

Er drückte gegen ihre geschwollene Knospe und bewegte Daumen und Becken schneller. Als Evie stöhnte, lächelte er. Seine Gefährtin bevorzugte immer eine doppelte Stimulation. „Bist du bereit, für mich zu kommen, Liebes? Ich möchte fühlen, wie du meinen Schwanz packst."

In den ersten Monaten ihrer Paarung hatte es viel mehr Folter mit seinen Fingern und seiner Zunge gebraucht, um sie für ihn kommen zu lassen. Es überraschte ihn immer noch, wenn sie flüsterte: „Du weißt, was ich mag. Tu es, und ich komme."

Mit einem Knurren hörte Bram auf, ihre Klitoris in Kreisen zu massieren, und rieb vor und zurück, erhöhte den Druck bei jedem Mal. Evie schrie „Bram!", während ihre Pussy seinen Schwanz umklammerte, als sie kam. Sowohl Mensch als auch Tier schwelgten in der heißen Umarmung.

Bram nahm ihre Hüften mit beiden Händen, ließ seinen Drachen los, und zusammen pumpten sie härter in ihre Gefährtin, als wäre es das erste

Mal. Das Geräusch von Fleisch, das gegen Fleisch schlug, füllte den Raum und erhöhte den Druck an seiner Wirbelsäule. Mit einem Brüllen hielt er in Evie inne und kam hart. Jeder Samenstrahl war ein neuer Anspruch auf seine Gefährtin, der sie in einen Orgasmus nach dem anderen versetzte. Er würde ihrer Lustschreie nie müde werden.

Als Evie den letzten Tropfen aus seinem Schwanz gewrungen hatte, legte Bram seine Stirn auf ihre Schulter und streichelte ihren Bauch in langsamen Kreisen. „Hat es funktioniert, oder müssen wir es noch einmal versuchen? Ich werde es so oft wie nötig tun, um die Wehen auszulösen."

Evie griff hinter sich und schlug seinen Oberschenkel. Sie sagte gedehnt: „Ich bin sicher, das ist dein Hauptziel."

Als er die Müdigkeit in ihrer Stimme hörte, legte Bram seine Arme sanft um Evie und zog sie hoch, bis sie auf seinem Schoß saß. Er küsste ihren feuchten Hals, bevor er murmelte: „Natürlich. Ich bin Clanführer und immer edel. Vor allem, wenn es um Sex geht."

Sie schnaubte und sah über ihre Schulter. „Sicher, und ich bin die Königin der Abstinenz."

Sein Mundwinkel zuckte, und er legte besitzergreifend eine Hand auf ihr Baby. „Als Nächstes wirst du mir noch sagen, dass das das Ergebnis einer Bratenspritze ist."

Evie grinste, und Bram stockte der Atem. Sie war so verdammt schön. Doch irgendwie schaffte er es, sich auf ihre Worte zu konzentrieren, als sie antwortete: „Das habe ich noch nicht benutzt. Ich denke, ab morgen werde ich verbreiten, wie schüchtern du bist und dass ich eine Bratenspritze benutzen musste."

Bram knurrte und drückte sie fester gegen sich. „Mach das, und ich werde wirklich Ninjamaster als zweiten Vornamen des Kleinen auswählen."

Evie lächelte und lehnte sich gegen ihn. „Dann hoff' mal, dass das Baby bald rauskommt. Wenn ich schreie und versuche, dein riesiges Drachenkind aus meiner Vagina zu pressen, werde ich keine Gelegenheit haben, das Bratenspritzen-Gerücht zu verbreiten."

Er legte sein Kinn auf ihre Schulter. „Ich möchte nicht, dass du jemals Schmerzen hast, Evie." Er hielt sie noch näher. „Ich könnte dich sogar verlieren."

Evie schüttelte den Kopf. „Unsinn, Bram. Wir bekommen nur ein Kind, ich bin deine wahre Gefährtin, *und* ich bin gesund."

Sein Drache schnaubte. *Mach sie nicht traurig. Sie wird nicht sterben.*

Aber das weißt du nicht. Sieh dir an, was Melanie passiert ist, und sie war eine wahre Gefährtin und gesund, als sie die Zwillinge zur Welt gebracht hat. Trotzdem hat ihr Herz für etwa dreißig Sekunden zu schlagen aufgehört.

Evies Sturheit allein wird gewinnen. Du wirst schon sehen.

Als Bram und Evie in eine angenehme Stille fielen, hoffte Bram das insgeheim. Er hatte seine wahre Gefährtin und beste Freundin erst weniger als ein Jahr. Mehr noch: Murray brauchte seine Mom.

Als Bram Evies Wange küsste, entschied er, dass er aufhören würde, sich Sorgen zu machen, und sich darauf konzentrieren wollte, Evie seine Stärke zu verleihen. Wenn die Zeit kam, könnte sie sie vielleicht gebrauchen.

Kapitel Zwei

Als sie von einem scharfen Schmerz in ihrem Unterleib aus ihrem friedlichen Schlaf gerissen wurde, schaffte Evie es kaum, den Schrei zu unterdrücken. Sie hatte in der letzten Woche ein paarmal Übungswehen gehabt, und das Letzte, was sie brauchte, war, dass Bram zu Sid rannte und die Ärztin aufweckte, obwohl es unnötig war.

Sie atmete tief ein, rieb sich mit einer Hand den Bauch und wartete.

Nach dreißig Sekunden verging der Schmerz, und sie ließ ihren Atem los. Sie blickte auf die Uhr und merkte sich die Zeit.

Evie bewegte sich langsam an den Rand des Bettes, aber bevor sie ihre Füße auf den Boden stellen konnte, füllte Brams verschlafene Stimme den Raum. „Ist, alles okay, Evie?"

„Kann ich nicht auf die Toilette gehen, ohne dass du dir Sorgen machst?"

Bram griff hinüber und streichelte ihren Oberschenkel. „Nein."

Mit einem Seufzer drückte sie Brams Hand. „Sobald ich weiß, dass ich wirklich in den Wehen bin, lasse ich es dich wissen."

„Was war dann dieser scharfe Atemzug vor einer Minute?"

Verdammter Drachenmann und seine Supersinne. „Ich habe diese Woche bereits falsche Wehen erlebt. Sobald ich weiß, dass es echt ist, glaube mir, werde ich um jede Hilfe bitten, die ich bekommen kann."

Brams Stimme war belegt, als er antwortete: „Gut. Jetzt beeil' dich und geh auf die Toilette, damit du zu mir zurückkommen kannst und ich dich im Auge behalten kann."

Zu müde, um zu streiten, schüttelte Evie lediglich den Kopf und ließ Brams Hand los. „Schön. Darf ich jetzt gehen?"

Bram ließ sie los. „Ich gebe dir fünf Minuten, dann komme ich hinter dir her."

Als sie sich vom Bett hochstemmte, murmelte Evie „überbeschützender Drachenmann" und eilte ins Badezimmer. Sie schaltete das Licht ein und blinzelte, damit sich ihre Augen an die Helligkeit gewöhnten. Als hätte die schmerzhafte Kontraktion, ob real oder nicht, nicht schon gereicht, pochte jetzt auch noch ein Kopfschmerz direkt hinter ihren Augen.

Sie legte eine Hand auf beide Seiten des Waschtischs und starrte auf ihren runden Bauch.

Das war's, Baby. Du solltest besser versuchen, jetzt wirklich rauszukommen.

Schweigen war ihre Antwort.

Evie erledigte, was zu erledigen war, und wusch sich die Hände. Ihre Finger waren noch geschwollener als früher am Tag. Es hätten auch Würstchen sein können.

Sie blickte in den Spiegel, und ihr aufgedunsenes Gesicht begrüßte sie. Es war sogar noch geschwollener, als bevor Bram nach Hause gekommen war. Evie sah ihr Spiegelbild stirnrunzelnd an. Sie zog Bram immer auf, weil er überfürsorglich war, aber mit den Schwellungen, den plötzlichen Kopfschmerzen und den Schmerzen, sagte Evies Bauchgefühl ihr, dass etwas nicht stimmte. Sosehr sie es auch hasste, sie würde Bram rufen müssen.

Wie aufs Stichwort klopfte Bram an die Badezimmertür und öffnete sie. Sein Blick bewegte sich dahin, wo sie am Waschtisch stand. In der nächsten Sekunde kam er näher, um sich neben sie zu stellen. Er streichelte ihre Stirn und fragte: „Was ist los? Und versuch' nicht, es dieses Mal abzutun, Evie Marie. Ich sehe es in deinen Augen."

Ihr Herz trommelte in der Brust. „Ich weiß es nicht, Bram. Es mag nichts sein, aber bei der Schwellung und den plötzlichen Kopfschmerzen scheint etwas nicht in Ordnung zu sein. Ich denke, du solltest Dr. Sid anrufen."

Bram nickte und eilte ins Schlafzimmer, um sein Handy zu holen. Evie wollte ihm folgen, aber ein weiterer Schmerz kräuselte sich über ihren Bauch, und sie schrie auf. Sie hatte kaum Zeit, sich zur Unterstützung an die Wand zu lehnen, als Bram seine Hände schon auf ihren Schultern hatte. Sie hörte die Dominanz in seiner Stimme, als er knurrte: „Wir werden Dr. Sid anrufen, sobald dieser Schmerz vorüber ist, und ihr sagen, dass sie herkommen soll."

Evie atmete durch die Wehe. In der Sekunde, in der es aufhörte, atmete sie tief ein und murmelte: „Von mir wirst du keine Beschwerden bekommen."

Brams Pupillen blitzten zu Schlitzen und zurück. „Ich höre den Schmerz in deiner Stimme, Liebes." Er massierte ihren unteren Rücken und stützte sie, bis sie am Bett war. Er nickte zur Matratze. „Leg' dich hin, während ich die Ärztin rufe."

Mit pochendem Kopf ließ sie sich langsam auf das Bett hinunter, drehte sich auf die Seite und umarmte ihren Bauch. Wenn dies der Beginn der Wehen war, dann fragte Evie sich allmählich, ob es wirklich das Beste gewesen war, sich das zu wünschen.

FÜNF MINUTEN später fuhr Bram mit einer Hand durch sein Haar, während Evie seine andere Hand umklammerte und schrie. Sid war auf dem Weg, aber jedes Mal, wenn Evie schrie, stieg seine Angst, sie zu verlieren.

Sein Tier knurrte und meldete sich zu Wort: *Wir werden sie nicht verlieren. Sie ist unsere wahre Gefährtin. Sie wird leben.*

Das ist nicht garantiert. Drachenwandlerhormone können einen Menschen in den Wehen töten, und das weißt du.

Er drängte sein Tier zurück und konzentrierte sich auf Evie. Als ihre Schreie erstarben, drückte er ihre Hand und strich ein paar Haarsträhnen von ihrer feuchten Stirn zurück. „Sieht so aus, als ob dein Wunsch erfüllt wird, Evie Marie. Ich denke, du hast echte Wehen."

„Und du bist jetzt Arzt?"

Einer seiner Mundwinkel zuckte hoch. „Vielleicht. Ich bin immer darauf aus, meine Fähigkeiten auszubauen."

Evie schüttelte den Kopf. „Ich bin zu müde, um mich zu streiten. Du bist kein Arzt, Ende der Geschichte. Ich werde medizinischen Rat von Sid entgegennehmen."

Bram nahm Evies Wange. „Ich denke, damit kann ich leben."

„Bram."

Ihm gefiel die Sorge in ihrer Stimme nicht. „Denk nicht einmal daran zu sagen, du könntest sterben. Du wirst nicht sterben. Ich werde es nicht zulassen."

Ein Klopfen an der Haustür ließ seinen Drachen schreien. *Mach auf! Evie braucht Hilfe.*

Bram überlegte, ob er seine Gefährtin allein lassen sollte, aber Evie verdrehte die Augen und sagte: „Geh und mach auf! In den sechzig

Sekunden, die du weg bist, wird mir schon nichts passieren."

„Versprochen? Wenn du mir dein Wort gibst, dann vertraue ich darauf, dass deine Sturheit schon dafür sorgen wird."

Sie schnaubte. „Ich weiß nicht, ob das wirklich stimmt, aber ich verspreche es."

„Gut." Bram ließ langsam ihre Hand los und stand auf. „Bin gleich wieder da."

Evie murmelte einige Worte über Höhlenmenschen-Drachenwandler, aber Bram ignorierte sie, als er die Treppe hinunterrannte und die Haustür öffnete. Dr. Cassidy Jackson, besser bekannt als Dr. Sid, stand in der Tür, mit einer Arzttasche in der Hand. Mit ihrer freien Hand machte sie eine scheuchende Geste. „Ja, ich helfe ihr. Und nein, ich kann keine Wunder vollbringen. Geh einfach aus dem Weg, Bram!"

Bei jedem anderen hätte er die Stirn gerunzelt und vielleicht geknurrt. Aber Sid war eine der wenigen, denen er nicht nur sein Leben anvertraute, sondern auch das Leben seiner Clanmitglieder. Er trat beiseite, und Sid eilte vorbei. Bram folgte ihr. „Evie hatte eine weitere mögliche Kontraktion. Ihre Schreie bringen mich um, Sid. Finde einen Weg, ihr zu helfen."

Sid warf über ihre Schulter: „Ich bin kein Menschenarzt, aber ich werde sehen, was ich tun kann, bis Hilfe eintrifft."

„Hilfe? Was für Hilfe? Das hast du vorher nicht mit mir abgesprochen."

„Das muss ich auch nicht, wie du verdammt gut weißt. Medizinische Fragen liegen ganz bei mir. Außerdem habe ich deinen besten Freund in Schottland um einen Gefallen gebeten. Hilfe sollte unterwegs sein."

Bram knurrte. „Finlay Stewart ist nicht mein bester Freund. Worum hast du ihn gebeten?"

„Sie haben dort eine Menschenfrau namens Holly MacKenzie. Sie hat früher als Hebamme gearbeitet, bevor sie sich mit einem der schottischen Drachenwandler gepaart hat. Ihr Gefährte und ein paar Beschützer vom Clan Lochguard fliegen sie gerade her, damit sie mir mit Evie helfen kann."

Bram hatte sowohl von Melanie Hall-MacLeod als auch Finn über das Menschenopfer gehört. „Ich hoffe, Holly MacKenzie weiß, was sie tut."

Sid sah ihm für eine Sekunde in die Augen und hob ihre Brauen, bevor sie sich umdrehte und in Brams und Evies Zimmer ging.

Wie er Sid kannte, war das alles, was er bekommen würde.

Sein Drache meldete sich zu Wort. *Sid hat uns noch nie falsch gelenkt. Außerdem hat sie Autorität selbst über dich, wenn es um medizinische Themen in Stonefire geht.*

Jetzt wird Finn mir das unter die Nase reiben, wenn wir das nächste Mal reden.

Spielt das eine Rolle, wenn es unserer Gefährtin hilft?

Die Worte seines Tieres rückten alles ins rechte Licht. *Du bist in all dem viel gelassener als ich.*

Jemand muss das ja sein. Außerdem würde ich alles für Evie tun.

Sein Drache verstummte. Bram kniete sich auf die Sid gegenüberliegende Seite des Bettes und nahm Evies Hand. Seine Gefährtin lächelte ihn an, und, ob sie es wusste oder nicht, diese Geste gab ihm Kraft.

Damit zufrieden, in die Augen seiner Gefährtin zu starren und ihre Hand zu halten, schwieg er, bis Sid ihre Voruntersuchung beendet hatte. Die Ärztin stemmte die Hände in die Hüfte. „Möglicherweise hast du Wehen, Evie, obwohl wir noch etwas länger warten müssen, da dein Wasser noch nicht gebrochen ist. Aber ich bin ein wenig besorgt wegen der Schwellung. Bram hat am Telefon außerdem erwähnt, du habest plötzlich Kopfschmerzen bekommen. Sonst noch etwas, das ich wissen sollte?"

Evie antwortete: „Mein Sehvermögen verschwimmt ein wenig, aber das könnte auch daran liegen, dass ich müde bin."

Sid nickte. „Vielleicht. Oder es könnte Präeklampsie sein. Da Drachenwandlerfrauen keine Präeklampsie bekommen, werde ich Holly erst nach ihrer Meinung fragen, bevor ich mit der Behandlung beginne."

Bram runzelte die Stirn. „Behandlung? Was verdammt nochmal ist Präeklampsie?"

Sids Ausdruck blieb neutral, was Bram nur noch wütender machte. Wie zum Teufel konnte sie nur so ruhig bleiben?

Sid antwortete: „Etwas, das wir bewältigen können, wenn wir es rechtzeitig bemerken. Ich muss nur Evies Blutdruck beobachten und ihren Urin untersuchen. Wenn sich herausstellt, dass Evie es hat, gebe ich ihr Magnesiumsulfat."

Bram knurrte, aber Evie drückte seine Hand und sah ihrem Gefährten in die Augen. „Sid anzuschreien, wird nichts nützen. Es könnte sogar meinen Blutdruck erhöhen. Im Moment brauche ich deine Kraft, Bram. Leihst du sie mir?"

Sein Gesichtsausdruck entspannte sich, und er küsste Evies Handrücken. „Alles für dich, Liebes. Alles, was du willst. Sag' es nur."

Evies Gesicht entspannte sich einen Bruchteil. „Dann leg' dich zu mir und halte mich in deinen Armen. Deine Berührung hilft mir immer, meinen Stress zu beseitigen."

Bram sah zu Sid, und die Drachenfrau nickte. „Evie braucht etwas Ruhe. Später musst du ihr vielleicht helfen, durch den Raum zu gehen, um den Prozess zu beschleunigen." Sid nahm ihre Arzttasche. „Bin so schnell wie möglich wieder da. Holly sollte bald hier sein, und ich will ihr alles berichten. Wenn ihr beide etwas braucht: Ich habe mein Handy in der Tasche. Ich werde auch eine Krankenschwester schicken, die Wache hält und Evies Urin auf Proteine untersucht."

Evie murmelte: „Danke, Sid!", und die Ärztin verließ das Zimmer.

Bram legte sich an Evies Rücken, nahm seine Gefährtin in die Arme und atmete ihren Geruch ein. „Wir wissen nicht, wann eine weitere Wehe kommt, Liebes, also döse so viel du kannst. Ich werde auf dich aufpassen."

„Ich liebe dich, Bram."

„Ich liebe dich auch, Evie Marie."

Evie kuschelte ihren Po an seine Leiste, und Bram hielt seine Frau fester. Als sie sich gegen ihn entspannte, schloss Bram die Augen und erfreute sich an der Hitze und Weichheit seiner Gefährtin.

Sein Drache ging in seinem Hinterkopf auf und ab, und Bram konnte sich nicht dazu durchringen, seinem Tier zu sagen, es solle aufhören. Auf gewisse Weise half es ihm, seine eigene nervöse Energie zu reduzieren. Sid konnte nicht früh genug mit Holly MacKenzie zurückkommen.

Kapitel Drei

E vie war sehr versucht, Brams Eier abzuschneiden, damit sie nie wieder schwanger wurde.

Eine weitere Wehe war gerade abgeklungen, und sie versuchte immer noch zu Atem zu kommen.

Bram wischte ihr die Stirn ab, und sie starrte ihn an. „Ich werde das nie wieder tun, Bram. Niemals. Du wirst dich einer Vasektomie unterziehen, sobald das Baby draußen ist."

Bram nahm das Tuch von ihrer Stirn und schüttelte den Kopf. „Das sind nur die Wehen, die da aus dir reden. Sobald du endlich unsere kleine Evie gehalten und ihr weiches, rosa Gesicht angesehen hast, wirst du den Schmerz vergessen."

„Vergiss den Schmerz, scheiß drauf. Wie wäre es, wenn wir dir eine Traube in den Penis schieben, und dann reden wir weiter."

Bram bewegte seine Beine unbehaglich. Gut. Er verdiente ein wenig Solidaritäts-Unbehagen. „Wenn ich dir den Schmerz nehmen könnte, Liebes, würde ich es tun. Aber ich kann nicht. Also, wenn es dir irgendwie hilft, daran zu denken, wie du meinen Schwanz und meine Eier misshandeln könntest, nur zu. Aber nichts davon wird wahr werden."

Die Krankenschwester, die für Evie geschickt worden war, machte gerade unten eine Art Urintest, sodass Evie nicht lang hatte, um ihre Träume wahr werden zu lassen. Sie sah sich im Raum um, ob sie nicht irgendetwas benutzen könnte, um Bram zu zeigen, wie falsch er lag, als Sid mit einer dunkelhaarigen Frau durch die Tür kam. Direkt hinter der dunkelhaarigen Frau war einer der MacKenzie-Zwillinge; Evie würde die roten Haare, die hochgewachsene Statur und die blauen Augen überall erkennen. Wegen der Narbe in der Nähe seines linken Auges wusste sie, dass es der jüngere Zwilling Fraser war.

Ohne große Vorrede deutete Sid auf die Frau. „Das ist Holly MacKenzie. Holly, das ist Evie Marshall."

Evie hatte schon von der Menschenfrau gehört, aber aufgrund ihrer fortgeschrittenen Schwangerschaft hatte sie es nicht bis Lochguard geschafft, um sie kennenzulernen. „Hallo, Holly. Ich würde dir ja eine Tasse Tee und ein paar Kekse anbieten, aber ich würde wahrscheinlich alles fallen lassen, sobald meine nächste Wehe kommt."

Holly lächelte. „Meine Schwiegermutter füttert mich mit so vielen Keksen und Scones, dass ich platzen würde, wenn ich noch etwas esse. Trotzdem danke."

Evie grinste. „Lorna MacKenzie backt wirklich gern. Ich sage Bram immer wieder, er soll Finns Familie hierher einladen, damit Tante Lorna mir etwas beibringen kann. Ich neige dazu, Toast zu verbrennen, daher gibt es noch viel Raum für Verbesserungen."

Bram grunzte, aber es war Sid, die sich zu Wort meldete. „Genug mit den Höflichkeiten. Bram, Fraser, ich will, dass ihr fünf oder zehn Minuten aus dem Raum verschwindet, damit Holly und ich Evie richtig untersuchen können, ohne dass einer von euch über meiner Schulter schwebt."

Evies Drachenmann knurrte. „Ich werde Evie auf keinen verdammten Fall verlassen."

Sid verschränkte die Arme vor der Brust. „Geh oder ich injiziere dir ein Schlafmittel, und Fraser kann deinen Hintern die Treppe runterschleifen. Ich könnte sogar darauf hinweisen, er solle dich fesseln, damit du nicht entkommen kannst. Ich brauche Evie so ruhig wie möglich, und das wird nicht passieren, wenn du alle zwei Sekunden knurrst. Vor allem bei dem, was ich vielleicht tun muss, wenn wir denken, dass sie eine Präeklampsie hat. Also, was von beiden soll es sein?"

Fraser rieb sich die Hände. „Ich stimme für die zweite Option."

Holly schlug Fraser auf die Seite. „Hör auf!"

Fraser zuckte die Schultern, und Evie musste unwillkürlich lächeln. Holly hatte sich dem schottischen Drachen-Clan geopfert, um ihrem Vater zu helfen, aber es sah so aus, als hätte sie sich dabei in einen Drachenmann verliebt.

Evie hoffte, dass es eines Tages bei den Menschenopfern immer so sein würde.

Als Bram Sid nur anstarrte, seufzte Evie. „Du kannst die Treppe in etwa drei Sekunden hochlaufen, wenn etwas passiert. Verdammt, du kannst sogar Wachen draußen aufstellen, wenn dir das hilft, die Nerven zu beruhigen. Aber wenn Sid mich untersuchen will, dann lass' sie es tun. Sie hat wahrscheinlich Schmerzmittel, und die will ich dringend."

Holly meldete sich. „Tatsächlich hat die Forschung gezeigt, dass Schmerzmedikation und Anästhesie in der Regel den Drachenwandler-hormonspiegel ansteigen lassen und das Sterberisiko erhöhen. Du wirst das auf die natürliche Art und Weise machen müssen."

Evie blinzelte. „Was? Keine Medikamente?"

Holly antwortete: „Keine Schmerzmittel. Ich bin sicher, Dr. Sid hat das schon erwähnt, obwohl du ein bisschen früh dran bist, also hat sie es vielleicht noch nicht gemacht. So oder so, die Forschung ist solide, also werden wir uns daran halten."

Für einen Menschen wusste Holly MacKenzie ziemlich gut, wie sie Dominanz in ihre Stimme bringen konnte. Das musste an ihrer Hebammenausbildung liegen.

Sid nahm eine vorgefüllte Nadel aus ihrer

Arzttasche und hielt sie hoch. „Ich mache keine leeren Drohungen. Raus, Bram, oder du machst ein langes Nickerchen!"

Fraser pumpte eine Faust die Luft, und Bram verengte die Augen. „Na schön, ich werde gehen. Ich werde Finns verdammtem Cousin nicht die Genugtuung geben, mich herumzuschleppen. Finn würde mich das nie vergessen lassen." Er sah zu Evie. „Ruf mich, wenn du irgendwas brauchst, Evie. Dann komme ich gerannt." Er berührte ihre Wange. „Und sei nicht stur und warte bis zum letzten Moment, um mich um Hilfe zu bitten. Wir machen das gemeinsam."

Evie legte ihre Hand über Brams. „Natürlich werde ich nach dir rufen. Glaub mir, ich werde deinen Namen schreien so laut ich kann, wenn das Baby kommt. Und nicht immer in liebevollen Tönen, möchte ich hinzufügen."

Bram grinste. „Damit komme ich klar." Er gab ihr einen zärtlichen Kuss und ging zur Tür. „Kümmere dich um sie, Sid. Sie hat mein Herz, und ich könnte es nicht ertragen, es zu verlieren."

Tränen füllten Evies Augen, aber sie konnte sie zurückhalten. Bram würde nie gehen, wenn sie anfing zu weinen.

Sid nickte. „Ich werde alles in meiner Macht Stehende tun."

Damit verließ Bram den Raum. Fraser küsste Holly innig, und Evie war sich ziemlich sicher, dass eine Menge Zunge daran beteiligt gewesen war, und er verließ dann ebenfalls den Raum.

Holly war die Erste, die sich äußerte. „Gut, dann. Ich werde noch einmal deinen Blutdruck messen. Der Proteinspiegel in deinem Urin war hoch, daher besteht bei dir das Risiko einer Präeklampsie. Wir werden dich genau im Auge behalten müssen."

Evies Magen sank ein wenig, und sie legte eine Hand auf ihren Bauch. „Sollte ich mir Sorgen machen?"

Sid meldete sich zu Wort. „Im Moment ist alles in Ordnung. Um ehrlich zu sein, mache ich mir mehr Sorgen über erhöhte Drachenwandlerhormone. Sobald Holly deinen Blutdruck überprüft hat, entnehmen wir noch etwas Blut."

Evie hob die Brauen. „Was, wenn sowohl mein Blutdruck als auch mein Drachenhormonspiegel hoch sind? Was passiert dann?"

Sid antwortete: „Dann beginnen wir mit der Verabreichung von Medikamenten, die nicht mit den Drachenwandlerhormonen in deinem Körper interagieren." Sie winkte Holly zu. „Holly ist über die neuesten Forschungsergebnisse auf dem Laufenden, und gemeinsam können wir entscheiden, welche Behandlung am besten ist."

Evie sah von Sid zu Holly und wieder zurück. „Das ist viel medizinisches Gerede, das mir absolut nichts sagt. Du warst immer ehrlich mir gegenüber, Sid. Jetzt fang nicht an, um den heißen Brei herumzureden."

Sid hob eine Braue. „Wenn du sowohl an Präeklampsie als auch an erhöhten Drachenhormonen leidest, steigt die Wahrscheinlichkeit, bei der Geburt zu sterben, um 10 Prozent. Damit hast du eine vierzigprozentige Überlebenschance. Ich bitte dich nicht gerne darum, es vor Bram zu verheimlichen, aber es wäre vielleicht das Beste. Seine Überfürsorglichkeit wird dich stressen. Deswegen habe ich ihn nach unten geschickt."

Evie rieb ihren Bauch und nickte ernst. „Das ist alles, was ich wissen wollte, und ich verstehe das mit Bram. Er ist bereits davon überzeugt, dass ich sterben werde."

Holly drückte Evies Schulter. „Aber wir wissen noch nicht, ob du ein höheres Risiko hast. Lass uns die Untersuchung machen, etwas Blut abnehmen, und ich helfe dir auf die Toilette, um eine weitere Urinprobe zu nehmen."

Da Evie nicht darüber nachdenken wollte, was schiefgehen oder wie bald sie sterben konnte, stürzte sie sich auf die Chance einer Ablenkung. „Ich hatte nicht erwartet, Hilfe zu brauchen, um zur Toilette zu gehen, bis ich alt und faltig bin. Ich denke, ich sollte mich daran gewöhnen, mein Schamgefühl runterzuschlucken."

Holly grinste. „Ein Kind zu bekommen bedeutet, jegliches Schamgefühl in den Wind zu schreiben. Das solltest du besser jetzt akzeptieren. Obwohl du seit fast einem Jahr mit einem Drachenwandler gepaart bist, denke ich, dass du ihren lockeren Umgang mit Nacktheit gewohnt bist."

Evie hob die Brauen. „Würde dein Gefährte dir erlauben, nackt herumzulaufen?"

„Er würde wahrscheinlich versuchen, jeden zu töten, der mich dabei sieht."

Evie nickte. „Genau. Stell' dir einen Gefährten vor, der noch beschützender ist als deiner, und das ist Bram. Die Hölle würde losbrechen."

Holly öffnete den Mund, aber eine weitere Wehe rollte über ihren Bauch. Evie schloss die Augen und atmete einmal tief ein.

Holly murmelte Atemanweisungen, und Evie vergaß alles andere, als den Versuch, sie zu befolgen.

~

BRAM GING im Wohnzimmer auf und ab, ballte und löste dabei seine Finger. Wie konnte Sid ihn aus dem Zimmer werfen? Bram hatte den Geburtsvorgang sowohl mit Evie als auch allein gesehen. Er mochte vielleicht kein Arzt sein, aber seine Gefährtin würde ihn brauchen, wenn es so weit war.

Sein Tier meldete sich zu Wort. *Es ist ja nicht so, als ob Evie in den nächsten fünf Minuten ein Baby fallen lassen würde. Lass Sid sie untersuchen und stell' sicher, dass es unserer Gefährtin gut geht. Wenn etwas nicht stimmt, braucht Sid Zeit, um es zu reparieren.*

Nur weil du recht hast, muss ich dir nicht zustimmen.

Bevor sein Drache antworten konnte, füllte Fraser MacKenzies Stimme den Raum. „Ein Loch in den Boden zu laufen, wird ihr auch nicht helfen, Bram. Das habe ich selbst letzten Monat versucht, und das Einzige, was meiner Frau geholfen hat, war, zu handeln, sobald es nötig war."

Bram blickte hinüber zu dem großen, rothaarigen Schotten. „Ich habe von deinem unerschrockenen Rettungsversuch gehört. Aber antworte mir: Als du wusstest, dass deine Gefährtin Schmerzen haben könnte, hast du da ruhig dagesessen und bist deinen Geschäften nachgegangen?"

„Natürlich nicht. Aber ich bin auch kein Clanführer. Du schon. Die Erwartungen an dich sind höher."

Er drehte sich zu Fraser um. „Finn lässt dich vielleicht so mit ihm reden, aber ich bin nicht dein Cousin. Sei vorsichtig, Fraser MacKenzie, sonst werfe ich dich von meinem Land."

Der Bastard grinste. „Finn dachte sich schon, dass du das sagen würdest. Und er sagte, wenn du jemals Lochguard betreten willst, um Arabellas Babys zu sehen, dann solltest du besser nett zu mir sein. Dazu gehört auch, dass ich nicht von deinem Land geworfen werde."

Arabella stammte ursprünglich aus Clan Stonefire und war das, was für Bram einer kleinen Schwester am nächsten kam. „Ich werde Finlay Stewart eines Tages töten."

Fraser zuckte die Schultern. „Du kannst es versuchen."

Bram ging zum schottischen Drachenmann und verengte die Augen. „Jetzt ist nicht die Zeit, mich zu testen, Bram. Ich habe mir das Recht verdient, Clanführer zu sein, mit Blut und Schweiß. Du wärst keine große Herausforderung."

Jemand klopfte an die Haustür und verhinderte damit, dass Fraser antwortete. Nachdem er Fraser noch zwei Sekunden lang finster angesehen hatte, ging Bram an die Tür. Sein Drache schnaubte. *Jemand sucht nach einem Kampf.*

Ich weiß, wie man einen Mann schlägt, dass er flach auf seinen Hintern fällt; er ist ein greifbarer Feind. Es gibt mir etwas zum Nachdenken, wenn ich schon keine Schwangerschaftskomplikationen bekämpfen kann, denen Evie ausgesetzt sein könnte.

Versuch', etwas positiver zu sein. Sie ist stark und stur. Wenn sie mit uns klarkommt, kann sie mit allem umgehen.

Bram ignorierte seinen Drachen und öffnete die Tür, um Tristan und Melanie davor stehen zu sehen. Ein kurzer Blick sagte ihm, dass sie ihre Zwillinge nicht mitgebracht hatten. „Was zum Teufel macht ihr beide denn hier?"

Melanie pikste ihm in die Brust. „Eine meiner liebsten Freundinnen bekommt gleich ein Baby. Wenigstens Sid hat daran gedacht, mir eine SMS zu schicken."

Bram sah Tristan an, und sein Freund zuckte mit einer Schulter. „Mel wollte kommen."

Da Tristan so ziemlich alles für seine Gefährtin

tun würde, blickte Bram wieder zu Melanie zurück. „Du kannst reinkommen, aber nur, wenn du mir den schottischen Bastard aus den Füßen hältst."

Wie auf Stichwort erschien Fraser mit einem Grinsen an Brams Seite. Er sah zu Melanie und verbeugte sich. „Mylady."

Tristan ächzte, und Melanie lachte, bevor sie antwortete: „Ich habe viel von Arabella über dich gehört. Schön, dich persönlich kennenzulernen."

Fraser zwinkerte. „Ebenso. Man trifft nicht jeden Tag den berühmten Menschen, der einige der Gesetze für Drachenwandler geändert hat."

Melanie seufzte. „Ein wenig. Aber es liegt noch ein langer Weg vor uns."

Tristan legte einen Arm um Melanies Taille und zog sie an sich. Mit einem Knurren forderte er zu erfahren: „Welcher Zwilling bist du?"

Fraser musterte Tristan eine Sekunde und antwortete dann: „Ich bin Fraser. Und das, was Arabella mir bisher erzählt hat, wird dir nicht gerecht."

Tristan umarmte Melanie fester. „Und was zum Teufel hat meine Schwester gesagt?"

Fraser zuckte die Schulter und antwortete: „Oh, nicht viel. Nur, dass sie dich als Beispiel benutzt hat, als sie das genaue Gegenteil meiner Familie beschrieben hat."

Melanie kam Tristan mit der Antwort zuvor. „Deshalb hätten wir wieder zu Besuch kommen sollen, Tristan. Ob es dir gefällt oder nicht: Finn ist der Vater deiner Nichten oder Neffen. Du musst ihm den netten Mann zeigen, der du geworden bist, vor allem seit du ihn das letzte Mal gesehen und ihn fast zu einem Kampf herausgefordert hast."

Bram knurrte und trat zwischen sie alle. „Wenn ich es mir recht überlege, Mel und Tristan, bringt Fraser aus meinem Cottage und beschäftigt ihn. Ich ertrage nicht mehr viel davon."

Frasers Grinsen verblasste, und etwas Heftiges blitzte in den blauen Augen des Drachenmanns. „Ich werde meine Gefährtin nicht allein lassen. Es ist gefährlich genug, dass Holly Lochguard verlassen hat. Ich werde nicht riskieren, dass jemand sie mir wieder wegnimmt."

Brams Respekt für Fraser bekam einen Schub. „Solange ich hier bin, wird ihr nichts passieren, das verspreche ich. Sie ist ein Gast, und wenn sie Evie hilft, stehe ich in ihrer Schuld."

Fraser verschränkte die Arme vor der Brust. „Wenn ich gehe, dann auch Holly."

Mel warf ein: „Lass ihn einfach bleiben. Fraser kann mir beim Teekochen helfen." Sie sah zu Tristan auf. „Du kannst mich jederzeit loslassen, Tristan." Ihr Gefährte grunzte, und sie wartete kaum.

Mit einem Seufzer ließ Tristan seine Gefährtin los. „Schön. Aber wenn er dich auch nur berührt, werde ich ihm in den Arsch treten."

Fraser öffnete den Mund, um zu antworten, aber Bram trat zwischen die beiden. „Genug. Tristan, ich muss mit dir allein reden. Lass Mel Tee machen. Fraser wird seine wahre Gefährtin nicht verraten. Sein Drache würde das nicht zulassen."

Gerade als Tristan murmelte, „Na schön", ging Melanie zu Fraser und deutete zur Küche. „Komm mit mir, Fraser. Ich will alles über deine Paarungszeremonie hören. Holly hat ein paar Details erwähnt, aber ich will es von deiner Seite hören. Danach kannst du mir helfen, auf Baby Murray aufzupassen."

Frasers Kiefer entspannte sich. „Ich bin sicher, dass ich das, was mein Mädel dir bereits erzählt hat, nicht toppen kann, aber ich kann diese Geschichte nicht oft genug erzählen. Der Raum war mit silbernem Stoff dekoriert ..."

Mel zwinkerte Bram zu. „Wir sind gleich zurück. Dann können Tristan, Fraser und ich auf Murray aufpassen, während ihr euch auf Evie konzentriert."

Bram wollte es nicht zugeben, doch Melanie hatte recht. Sowenig er auch Fraser vertraute, Melanie und Tristan würden den kleinen Murray mit ihrem Leben beschützen.

Er nickte. Mel und Fraser verließen den Raum.

In der Sekunde, in der sie allein waren, ließ Bram sein gefasstes Äußeres fallen. „Tristan, wie hast du es gemacht? Evie ist nicht mal annähernd dabei, unser Kind zur Welt zu bringen, und meine Nerven *und* mein Drache sind zerrüttet."

Tristan schwieg eine Sekunde, bevor er antwortete: „Sie wird dich brauchen, und du tust, was du kannst."

Bram hob eine Braue. „Du kannst bei allen anderen so tun, als wärst du ein distanziertes Arschloch, aber das wird bei mir nicht funktionieren, Tristan. Hör auf damit, und sag mir einfach die Wahrheit. Ich bin dein ältester Freund. Das habe ich verdient."

„Ganz ehrlich? Du wirst dich fühlen, als würde dir jemand das Herz herausreißen. Die wenigen Sekunden, in denen Melanies Herz aufhörte zu schlagen, waren die längsten und schlimmsten meines Lebens. Aber ich habe die Hoffnung nie aufgegeben. Denn in dem Moment, in dem du es tust, wird sie es spüren und sich vielleicht auch aufgeben."

Bram klopfte seinem Freund auf die Schulter. „Dann werde ich Evie nicht im Stich lassen." Er deutete mit dem Kopf Richtung Wohnzimmer. „Ich trinke normalerweise keinen Alkohol, aber ich glaube, ich brauche ihn jetzt."

Als sie das Wohnzimmer betraten, fand Bram Trost in Tristans Anwesenheit. Wenn Tristan und Melanie die Geburt von zwei Babys überleben konnten, dann würde Evie das eine schaffen. Auch wenn er selbst eine Herz-Lungen-Wiederbelebungdurchführen müsste, würde er nicht zulassen, dass Evie starb.

Sein Drache meldete sich zu Wort. *Ich bin froh, dass du endlich meinen Worten zustimmst.*

Manchmal, Drache, muss man es auch von einer zweiten Quelle hören.

Sein Tier schnaubte. *Wenn du mir das nächste Mal von Anfang an zuhörst, wird das Zeit sparen. Denk daran.*

Als sich sein Drache in den Hinterkopf zurückzog, nahm Bram eine Flasche Whiskey heraus und schüttete zwei Gläser ein. In dem Moment, als er mit Tristan anstieß, schrie Evie. Jede Faser seines Seins drängte ihn, nach oben zu stürmen, aber er wollte Sid und Holly nicht stören, sonst würde er sich Sids Zorn stellen müssen.

Bram kippte seinen Drink herunter; ihm gefiel die Tatsache nicht, dass er keine Kontrolle über die Situation hatte.

Kapitel Vier

Sechzehn Stunden später war Evies Oberkörper in Sids Behandlungszimmer an ein Krankenhausbett gebunden, und Bram war sich nicht sicher, wie lange er es noch ertragen konnte, seine Gefährtin gefesselt und so voller Schmerzen zu sehen.

Die Wehen waren schlimm genug, aber Dr. Sid hatte Evie vor einigen Stunden an einen Tropf mit Magnesiumsulfat IV gehängt, und seitdem hatte seine Gefährtin Probleme, sich zu konzentrieren, und klagte darüber, das Gefühl zu haben, außerhalb ihres Körpers zu schweben.

Außer, wenn eine Wehe zuschlug. Dann brachte jeder angestrengte Muskel und jeder stechende Schmerz ihr Schreien zurück.

Bram wischte ihre Stirn mit einem feuchten Tuch ab und murmelte: „Fast geschafft, Liebes."

Als Evie nur seufzte, drückte Brams Herz. Was hätte er nicht darum gegeben, dass sie die Kraft hätte, mit ihm zu streiten. Wenn er doch nur etwas tun könnte − irgendetwas −, um das Unbehagen seiner Gefährtin zu lindern.

Sids autoritäre Stimme füllte den Raum. „Das injizierte Medikament hat seine Aufgabe fast erfüllt, Evie. Holen wir das Baby raus, damit wir deinen Blutdruck wieder unter Kontrolle bringen können."

Bram knurrte. „Du musst an deinen Umgangsformen am Krankenbett arbeiten, Sid."

Alles, was Evie tun konnte, war, Brams Hand zu drücken. „Nein, ich ziehe die Wahrheit vor."

Brams Gesicht wurde weicher, und er küsste ihre Stirn. „Ich will dich nur aus diesen Riemen und zurück in meinen Armen haben, Liebes."

Sid meldete sich zu Wort. „Und das wird sie auch sein, wenn das Baby draußen ist und Evies Vitalwerte wieder normal sind."

Bram ignorierte die Ärztin und konzentrierte sich auf seine Gefährtin. Sein Drache meldete sich zu Wort. *Ich glaube, das Baby ist bereit, rauszukommen.*

Woher weißt du das? Du bist kein verdammter Hellseher.

Ich spüre den Drachen unseres Babys. Er ist ungeduldig.

Auch wenn die Drachenwandlerhälfte erst im Alter von sechs oder sieben Jahren mit einem kommunizieren konnte, spürte selbst ein Baby, dass die andere Hälfte in seinem Hinterkopf lauerte. Drachen konnten nicht miteinander reden, aber manchmal spürten sie die Launen des anderen. *Um ehrlich zu sein, ich bin auch ungeduldig.*

Evie drückte ihre Hand fest zusammen, und er

konzentrierte sich wieder auf seine Partnerin, als sie flüsterte: „Es kommt eine weitere."

Holly stellte sich neben den Vitalparameter-Monitor. „Ihr Blutdruck ist stabil, sinkt aber nicht, Dr. Sid. Bitte sag mir, dass sie vollständig geweitet ist."

Sid sah auf den Monitor. Eine Sekunde später stellte sie sich wieder zwischen Evies Beine und sah dann hoch. „Evie, du bist vollständig dilatiert. Für diese Wehe drück mit allem, was du hast." Sid blickte auf Holly. „Halte dich in Bereitschaft."

Holly nickte. Bram spürte, dass sie ihm nicht alles sagten, was passieren konnte, aber er wollte Evie nicht erschrecken. Stattdessen küsste er ihre Wange und flüsterte: „Du bist stark, Evie Marshall. Du hast es mit einem Drachenmann aufgenommen und sein Herz erobert. Verdammt, du solltest dich besser nicht von ein bisschen erhöhtem Blutdruck kleinkriegen lassen."

Sie antwortete durch zusammengebissene Zähne: „Das werde ich mir merrrrr – aaaahhhhh!"

Evie schrie, als eine weitere Wehe kam.

Sids Stimme war voller Dominanz, als sie befahl: „Pressen, Evie! Jetzt!"

Evie grub ihre Nägel in Brams Hand, während sie presste. Angesichts der Tatsache, dass ihr Oberkörper am Bett festgeschnallt war, für den Fall, dass sie Krämpfe bekommen sollte, konnte das nicht einfach sein.

Er verdrängte seine Sorgen und dachte an Liebe, Stärke und den Moment, in dem er Evie und ihr neues Baby umarmen konnte. Er würde positiv bleiben, selbst wenn es ihn umbrachte.

Sids Stimme übertönte Evies Schreie. „Du machst das gut, Evie. Wenn deine Wehe endet, möchte ich, dass du aufhörst zu pressen und dich ausruhst."

Bram hielt den Atem an und hoffte, jede Sekunde würde das Ende der letzten Wehe bringen und Evies Schmerz lindern. Evies Schreie würden ihn für den Rest seines Lebens verfolgen. Wie ein Mann das mehr als einmal durchmachen konnte – Bram hatte keine verdammte Ahnung.

Evie wurde still und sackte auf das Bett, als wäre ihr die ganze Energie aus dem Körper gesaugt worden. Darauf bedacht, sich seine Sorge nicht anhören zu lassen, murmelte Bram: „Du hast das brillant gemacht, Evie. Das hast du wirklich."

Trotz der Erschöpfung in ihren Augen und ihrer Haltung antwortete Evie: „Es ist verdammt nochmal nichts passiert. Das Baby ist noch nicht draußen."

Er legte eine Hand auf ihre Stirn und strich mit dem Daumen hin und her. „Sie will nur ihren großen Auftritt. Sie ist schließlich die Tochter eines Clanführers."

„Es könnte ein Junge sein, Bram."

„Wir könnten wetten, und dann kann ich später einen Preis beanspruchen."

Evies Augen fielen zu und öffneten sich dann wieder. „Ich kann nicht glauben, dass du eine Wette vorschlägst, während ich kaum wach bleiben kann."

Er grinste. „Du bist diejenige, die nicht verhätschelt werden wollte."

Hollys Stimme hinderte Evie daran zu antworten. „Dr. Sid, vielleicht solltest du dir das hier ansehen."

Bram blickte auf, und die beiden Frauen steckten vor dem Vitalparameter-Monitor die Köpfe zusammen. Brams Drache meldete sich zu Wort. *Mir gefällt das nicht. Irgendwas stimmt nicht. Frag sie, was los ist.*

Und Evie beunruhigen? Wir dürfen nichts tun, das ihren Blutdruck erhöhen würde. Das weißt du.

Sein Tier knurrte. *Ich hasse es, nichts tun zu können.*

Geht mir auch so, auch wenn ich nicht beabsichtige, einen medizinischen Abschluss zu machen, falls du erwägst, das vorzuschlagen.

Sid drehte sich zu ihnen, ihr Gesicht war neutral. „Evie, wenn wir beim nächsten Pressen nicht wenigstens den Kopf herausbekommen, könnte das sowohl für dich als auch für die Gesundheit des Babys gefährlich sein. Die nächste Wehe zählt. Kannst du das tun?"

Evies Stimme war schwach, als sie antwortete: „Ja, ich werde es versuchen. Aber bitte sag mir, was los ist, Sid. Ich möchte vorbereitet sein."

Sid antwortete: „Auch wenn die Medikamente deinen Blutdruck stabil halten, ist der Drachenwandlerhormonspiegel in deinem Körper angestiegen. Wenn er weiter steigt, könnte dein Blutdruck durch das Dach schießen und dich krampfen lassen. Aber", betonte Sid, „sobald wir das Baby da raus haben, kann ich mit der Behandlung anfangen, und alles sollte gut ausgehen. Also nutze jede Kraft, die du hast, und press bei der nächsten Wehe. Verstanden?"

Evie nickte. „Ja."

Als Sid sich Holly zuwandte und ihr befahl, eine weitere Krankenschwester zu holen, legte Bram seinen Daumen auf Evies Stirn, und seine Gefährtin sah ihn an. Bram hielt seine Stimme leise, aber fest. „Ich befehle dir, das Baby nicht herauszupressen."

Einer von Evies Mundwinkeln zuckte nach oben. „Du weißt, dass ich nie Befehle befolge, die du mir gibst."

„Genau."

Evie lachte, und Brams Sorge verringerte sich einen Bruchteil. Sein Mensch war stark, stur und eine Kämpferin. Sie würde es durch die Geburt schaffen. Das musste sie. Er würde nichts weniger akzeptieren als ein Happy End für seine Gefährtin.

EVIE ÜBERLEGTE, die Augen offen zu halten, um Brams liebevolles Gesicht anzustarren, aber ihre Erschöpfung gewann und sie schlossen sich.

Sie war so verdammt müde. Nicht nur das, das Magnesiumsulfat machte sie benebelt und es war schwierig, sich zu konzentrieren. Wenn die Begegnung mit ihrem Baby nicht schon ein hinreichender Anreiz war, war es das Absetzen der verdammten Medikamente — das Wiedererlangen ihres Verstandes war ein weiterer Grund, das Baby so schnell wie möglich rauszuholen.

Während Evie versuchte, stark zu sein, war sie sich nicht sicher, wie lange sie noch pressen konnte. Wenn sie ein menschliches Baby gebären würde, könnte sie Medikamente und einen Kaiserschnitt bekommen. Leider kam beides nicht in Frage, weil das Baby halb Drachenwandler war.

Sie müsste nur noch ein wenig länger um ihr kleines Drachenbaby kämpfen.

Der Schmerz begann in ihrem Rücken, und sie wappnete sich. „Es kommt eine weitere Wehe."

Bram drückte ihre Hand, während Sid sich zwischen Evies Beinen neu positionierte. „Sobald es losgeht, pressen, Evie!"

Der Schmerz bewegte sich von ihrem Rücken in ihren unteren Bauch, und dann fühlte es sich an, als hätte jemand in ihre Gebärmutter gegriffen und sie verdreht.

Schreie halfen ihr, mit allem, was sie hatte, zu pressen.

Während sich Teile von ihr dehnten, zerquetschte sie Brams Hände in ihren. Das Baby musste rauskommen. Er oder sie musste einfach.

Sids Stimme drang durch die Luft. „Der Kopf ist draußen. Komm, Evie. Press noch etwas fester!"

Sie wollte Sid sagen, sie solle mal versuchen, eine Melone aus ihrer Vagina zu drücken, aber Bram küsste ihre Wange, und sie sah ihm in die Augen. Die Liebe und Stärke, die sie dort sah, gaben ihr einen kleinen Anstoß. Evie nahm jedes bisschen Kraft zusammen, das sie noch hatte, lehnte sich zurück und presste.

Schließlich glitt etwas aus ihr heraus, und einen Moment später hörte Evie den Schrei eines Babys. Tränen füllten ihre Augen. Ihr Baby lebte.

Sid schrie: „Es ist ein Mädchen!", und Bram küsste sie sanft. „Ich habe dir doch gesagt, dass es ein Mädchen ist."

Aber Hollys Stimme hinderte Evie daran, etwas zu erwidern. „Dr. Sid."

Etwas auf dem Monitor piepste. Evie fragte: „Ist es mein kleines Mädchen? Was ist los?"

Sid gab Holly das Baby und sah Evie direkt in die Augen. „Dein Baby ist vollkommen gesund. Aber, Evie, dein Blutdruck steigt. Nachdem das Baby jetzt draußen ist, muss ich sofort eine neue Behandlung beginnen. Es tut mir leid, aber dein Baby zu halten, wird etwas warten müssen."

Bram knurrte: „Dann fang mit der verdammten Behandlung an, Sid. Du verschwendest Zeit."

Evie sah zu Bram und wollte ihm gerade schon sagen, er solle ihre Tochter begrüßen, aber in der nächsten Sekunde verlor sie die Kontrolle über ihren Körper, als ein Krampfanfall sie befiel.

ALS EVIES AUGEN in den Hinterkopf rollten und sie anfing zu krampfen, wurde Bram ganz flau im Magen. „Evie."

Sid und ihre Krankenschwester sprangen in Aktion. Während Sid Befehle erteilte und die Krankenschwester etwas in Evies IV drückte, hielt Bram die Hand seiner Gefährtin ganz fest. Er nutzte jede Dominanz, die er besaß, und flüsterte: „Du bleibst am Leben, Evie! Denk nicht einmal daran, mich zu verlassen!"

Sid trat auf seine Seite des Bettes. „Los, Bram. Aus dem Weg!"

Während sein Tier auf den Befehl hin knurrte, zwang sich Bram, Evies Hand loszulassen, und trat zurück.

Sein Drache meldete sich zu Wort. *Wir sollten bei unserer Gefährtin sein. Warum bist du weggegangen?*

Sid weiß, was sie tut. Sie hat die Macht, Evie zu retten. Wir nicht.

Sein Tier schwieg, und Bram sah zu, wie Sid und ihre Krankenschwester über Dinge sprachen, die er nicht verstand. Als Evie aufhörte zu krampfen, atmete er auf. Damit hatte sie es doch wohl sicherlich überstanden.

Das warnende Piepen des Monitors hörte auf, aber Evie kam nicht zu sich. Bram drückte seine Finger zusammen und fragte: „Was ist los, Sid? Sag es mir""

Sid nickte der Schwester zu und drehte sich zu ihm um. „Evie hat eine Eklampsie entwickelt, die hauptsächlich durch die Drachenwandlerhormone in ihrem Blut verursacht wurde. Ich muss sie genau beobachten und mich darauf konzentrieren, ihre Vitalwerte wieder zu normalisieren."

Er starrte auf eine bewegungslose Evie. Sie atmete, aber ihr Gesicht war blass. „Sag mir einfach geradeheraus, ob ich mir Sorgen machen sollte oder nicht."

Sid packte seine Schulter. „Mit Holly und mir hat Evie die besten Chancen, die sie im gesamten Vereinigten Königreich haben würde."

„Das ist keine Antwort."

„Ich gebe keine Plattitüden von mir, Bram. Das weißt du. Es ist wahrscheinlicher, dass es ihr gut gehen wird als nicht, aber ich kann nicht mit Sicherheit sagen, dass alles rosig sein wird. Ich werde sie für die nächsten 24 Stunden in einem künstlichen Koma halten, während ich versuche, ihren Blutdruck zu senken und die Drachenwandlerhormone in ihrem Körper zu reduzieren. Das Beste, was du jetzt tun kannst, ist, Zeit mit deiner Tochter zu verbringen."

Bram überlegte, ob er bei Evie bleiben sollte, aber sein Drache meldete sich: *Sie hat recht. Unsere Tochter ist allein und viel hilfloser. Sid braucht Zeit, um sich um unsere Gefährtin zu kümmern. Kümmern wir uns um unser Kind, und dann können wir Zeit mit Evie verbringen. Unsere Gefährtin würde erwarten, dass wir für unsere Kleinen sorgen.*

Er ging die fünf Schritte zu Evies Bett, beugte sich hinunter und küsste ihre Lippen. „Ich sehe mal nach unserer Tochter und bin gleich wieder da, Liebes. Ich weiß, wie sehr du dir gewünscht hast, deine Eltern wären öfter da gewesen. Ich werde dafür sorgen, dass unsere Kleine vom ersten Tag an weiß, dass sie geliebt wird."

Evies Schweigen traf ihn bis auf die Knochen. Aber dann weinte seine Tochter, und Bram zwang sich, Evies Seite zu verlassen.

Holly wickelte gerade die Kleine in eine grüne Decke, als Bram neben ihr stehen blieb. Die Augen seiner Tochter waren geschlossen, während sie weinte. Sein Dracheninstinkt trat ein, um sich um das Baby zu kümmern, aber Bram ignorierte seinen Drachen und fragte: „Kann ich sie halten?"

Mit einem Lächeln hob Holly das Baby vorsichtig hoch und legte es in Brams Arme. Er wiegte seine Tochter langsam hin und her, und sie hörte schließlich auf zu weinen. Er küsste sie auf die Nase und flüsterte: „Willkommen in der Welt, Eleanor Rose. Ich bin dein Daddy, und ich werde mich um dich kümmern. Deine Mom muss sich ausruhen, sonst wäre sie hier bei mir." Er küsste Eleanors kleine Nase noch einmal. „Aber wir sind nicht die Einzigen, die gewartet haben. Sobald ich es hinbekomme, musst du deinem älteren Bruder Hallo sagen."

Hollys leise Stimme füllte sein Ohr. „Ich kann Murray holen und ihn hierher bringen, wann immer du willst. Ich will nicht, dass die anderen Evie besuchen, solange sie nicht stabil ist, aber mit der zusätzlichen Krankenschwester im Zimmer kann ich mir fünf Minuten erlauben, um Murray zu holen. Es könnte gut sein, beide Kinder zusammen zu haben."

Bram schaffte es, den Blick von seiner Tochter loszureißen, um zu Evie zu sehen. „Das Einzige, was helfen kann, ist, Evie zurückzubekommen. Aber als Vater muss ich stark für meine Kinder sein. Hol' Murray. Er soll seine kleine Schwester kennenlernen."

Mit einem Nicken erklärte Holly Sid, was sie tun würde, und ging. Bram drückte die kleine Eleanor enger an seinen Körper und atmete ihren Babyduft ein. Er hoffte nur, auch Evie könnte ihre Tochter bald knuddeln.

Kapitel Fünf

E vie fühlte sich, als triebe sie mitten in einem leeren, schwarzen Raum. Sie konnte sich nicht bewegen, aber ab und zu hörte sie eine leise grollende Stimme, die wie die von Bram klang. Sie wollte ihn fragen, wo er war, aber jedes Mal, wenn sie es versuchte, konnte sie ihren Mund keine Worte formen lassen.

Es war so verdammt frustrierend für eine Frau, die immer die Wahrheit verlangte.

Nach weiß-Gott-wie-viel Zeit berührte eine sanfte Wärme ihre Wange und der Geruch nach frisch gewaschener Kleidung und dazu ein tröstlicher Duft, den sie nicht benennen konnte, vermischt mit Brams, drifteten in ihre Nase.

Dann drückte sich ein weiches, nasses Etwas gegen ihre Wange, bevor Brams Stimme ihr Ohr füllte. „Evie Marie, wach auf! Die Wirkung der Medikamente sollten nachgelassen haben, und deine Tochter will dich unbedingt kennenlernen."

Sie versuchte, ihren Mund zu bewegen und scheiterte. Bram fuhr fort. „Ich habe gesehen, wie sich deine Augenbrauen bewegt haben, Evie. Komm schon, Liebes, wach auf!"

Sie wollte sagen, dass sie es versuchte, aber sie brachte kein Wort heraus. Brams warme, feste Lippen küssten ihre, und er murmelte: „Wag dich bloß nicht aufzuwachen! Das ist ein Befehl, und ich erwarte, dass du ihn genauestens befolgst. Hörst du mich?"

Oh, sie hörte ihn. Und Evie wollte ihm in den Arsch treten, wenn er so weitermachte.

Brams Lachen rollte über sie. „Das ist mein Mädel. Beweis mir das Gegenteil! Komm schon, ich fordere dich heraus."

Ganz gleich, wie sehr sie es auch versuchte, Evie konnte die Augen nicht öffnen. Es war frustrierend, alles hören und nichts tun zu können.

Sie suchte in ihrem Kopf nach Ideen, aber bald durchdrang ein Babyschrei die Luft. Es schoss direkt in ihr Herz. Ihr Baby brauchte sie.

Die Wärme an ihrer Wange verschwand, und sie sehnte sich danach, „Nein!" schreien zu können. Stattdessen nahm sie all ihre Kraft zusammen. Sie konnte doch sicher die Augen ein paar Millimeter öffnen. Augenlider wogen so gut wie nichts.

Geht auf, verdammt. Ich will mein Baby sehen.

Millimeter um Millimeter bewegte sie ihre Augenlider, bis das Licht sie traf. Sie schrie auf und schloss die Augen gleich wieder.

Im nächsten Moment war Brams Hand an ihrer

Wange. „Evie, Liebes, hast du Schmerzen? Holly, komm und sieh nach ihr. Bitte."

Brams Berührung verschwand, als ein anderes Paar kleinerer, weicherer Hände ihren Puls nahm. Dann war ihr rechtes Auge offen, und das Licht traf sie erneut. Dieses Mal jedoch konnte sie Hollys dunkelhaarige Gestalt über sich erkennen. Evie flüsterte: „Zu grell."

Holly ließ ihr Augenlid los. „Kannst du dann versuchen, meine Fragen zu beantworten? Sag entweder ,Ja' oder, wenn das zu schwierig ist, beweg' die Finger deiner linken Hand."

Evie konzentrierte sich und versuchte, ihren Mund zu bewegen. Doch nach ein paar Sekunden gab sie auf und zuckte mit den Fingern.

Hollys Stimme erfüllte erneut den Raum. „Gut. Wenn du Schmerzen hast, beweg' erneut deine linke Hand."

Bei diesem Tempo würde sie ihre Tochter nie sehen, geschweige denn halten. Müde von der nonverbalen Form der Kommunikation knurrte Evie und zwang sich schließlich, ihren Mund zu bewegen. „Keine Schmerzen."

Ihre Tochter fing wieder an zu weinen, und Evie fand, dass genug genug war. Es war Zeit, ihr Baby kennenzulernen.

Langsam blinzelte Evie, überstand den Sekundenbruchteil, in dem das Licht sie schmerzte, und blinzelte weiter, bis sich ihre Augen angepasst hatten. Ihr Hals war trocken und kratzte, aber sie wollte keine Zeit damit verschwenden, um Wasser zu bitten. „Bram, wo ist unser Baby?"

Bram sah zu Holly, und die Schottin nickte. „Ihre Vitalfunktionen sind viel besser. Solange Evie nicht wegen der Schmerzen flunkert, bekommt ihr ein paar Minuten, während ich Dr. Sid hole." Holly sah mit ernstem Blick zu ihr hinab. „Du sagst die Wahrheit, nicht wahr?"

Evies Stimme war schwach, als sie antwortete: „Ich habe Schmerzen zwischen den Beinen, aber nirgendwo sonst."

„Gut, dann hole ich Dr. Sid."

Holly ging, und Evie richtete ihren Blick auf das lila Bündel in Brams Armen. „Kann ich sie sehen?"

Bram lächelte. „Evie Marie Marshall, ich möchte dir Eleanor Spidey-Sensoren Moore-Llewellyn vorstellen."

Sie runzelte die Stirn. „Was?"

Bram zwinkerte. „War bloß ein Scherz! Sag Hallo zu Eleanor Rose."

Dann senkte er das Bündel und hielt es direkt neben sie.

Während sie das rosafarbene, knautschige Kind musterte, füllten Tränen Evies Augen. „Wir haben eine Tochter."

Bram legte das Baby neben sie ins Bett, während er sich hinhockte. „Das haben wir, Evie, das haben wir. Und sie war sehr darauf aus, alle kennenzulernen, aber ich habe Nein gesagt, bis du Gelegenheit hattest, sie zu sehen."

Evie versuchte, ihre Arme zu heben, aber sie

war schwach. „Kannst du sie näherbringen? Ich möchte sie küssen."

Bram verschob Eleanor vorsichtig, bis sie direkt neben Evies Gesicht lag. Sobald ihre Tochter einen Platz hatte, legte Bram seine freie Hand auf Evies Kopf und strich ihr die Haare aus dem Gesicht.

Bei Brams zärtlicher Berührung und dem Gewicht ihrer Tochter neben sich, liefen Tränen über Evies Wangen.

Bram hielt seine Finger still. Seine Stimme war sanft, als er fragte: „Was ist los, Liebes? Alles wird jetzt gut werden. Sid sagte, du bist nicht mehr in Gefahr."

Sie schniefte, drehte ihren Kopf ein wenig und küsste den Kopf ihrer Tochter. Dann murmelte sie: „Ich bin einfach glücklich, in diesem Moment hier zu sein." Sie küsste Eleanor erneut und begegnete wieder Brams Blick. „Aber was ist mit Murray? Er sollte auch hier sein."

Bram streichelte ihr Haar und antwortete: „Er war vorhin hier. Aber Mel und Tristan haben sich um ihn gekümmert. Ihnen zufolge hatte der kleine Murray eine tolle Zeit mit Jack und Annabel. So sehr, dass er vielleicht gar nicht mehr nach Hause will."

Die Tür öffnete sich. Sid kam mit Holly direkt hinter ihr herein. Sie blickte auf die Monitore, bevor sie zu Evies anderer Seite ging. „Es ist schön, dich wiederzuhaben, Evie. Ich reiße dich nur ungern aus dem ersten Treffen mit deiner Tochter, aber ich sollte jetzt, da du bei Bewusstsein bist, wirklich eine gründliche Untersuchung durchführen."

Evie wollte Eleanor für immer festhalten und nie wieder loslassen. Aber die rationale Seite ihres Gehirns wusste, dass sie niemandem nützte, wenn sie nicht gesund war. Sie küsste noch einmal den weichen, dunklen Haarschopf ihrer Tochter und antwortete: „Natürlich. Du hast mir das Leben gerettet, Sid. Ich schulde dir nichts Geringeres als Kooperation."

Einer von Sids Mundwinkeln zuckte nach oben. „Ich werde dich in Zukunft daran erinnern." Sid sah zu Bram. „Nimm Eleanor und warte draußen. Ich kann nicht zulassen, dass Evie angespannt oder gestresst wird, wenn das Baby weint." Bram öffnete den Mund, um etwas zu sagen, doch Sid unterbrach ihn. „Keine Ausreden. Draußen warten ohnehin ein paar Clanmitglieder, um mit dir zu reden. Kai hat sein Bestes getan, aber Politik und geschickte Gespräche sind nicht gerade seine Stärke. Nicht einmal Janes Einfluss hat dabei geholfen."

Evie sah zu ihrem Gefährten auf. „Geh, Bram. Je eher ich gesund werde, desto eher kann ich nach Hause gehen, und wir können alle eine Familie sein."

Bram küsste sie ein letztes Mal. „Ich liebe dich, Evie."

„Ich liebe dich auch."

Bram winkte mit Eleanors kleiner Hand zum Abschied, und dann war ihr Drachenmann weg.

Das Zimmer war leerer ohne Bram und Eleanor, aber sie würde sie bald schon sehen.

Evie sah zu Sid und fragte: „Wie lange muss ich in diesem Krankenhausbett bleiben?"

Sid legte ihre Finger auf Evies Handgelenk, um ihren Puls zu messen. Kurze Zeit später antwortete sie: „Das hängt davon ab, ob dein Blutdruck fällt und stabil bleibt oder nicht. So oder so kannst du bald anfangen, deine Tochter zu füttern. Die schädlichen Medikamente sollten inzwischen aus deinem Körper verschwunden sein."

Evie versuchte, sich aufzusetzen. Mit Sids Hilfe gelang es ihr. „Danke, Sid, dass du mir das Leben gerettet hast."

Sid winkte das mit einer Hand ab. „Ich habe nur meine Arbeit getan. Außerdem ist es nicht ganz selbstlos meinerseits. Bram würde mir den Kopf abreißen, wenn dir je etwas zustoßen würde."

Evie musterte Sids Gesicht und stellte fest, wie wenig sie tatsächlich über die Ärztin des Stonefire-Clans wusste. Wollte sie eigene Kinder? Stand sie auf jemanden? Was machte sie, wenn sie Spaß haben wollte? Evie hatte keine Ahnung. Gerüchte darüber, Sids Drache schweige, waren von Bram bestätigt worden, aber das war kein Grund, die Hoffnung auf Liebe aufzugeben. Evie hatte Sids sehnsüchtige Blicke auf einige Paare gesehen, wenn sie dachte, niemand würde auf sie achten, also wusste sie, dass die Ärztin sich nach jemandem verzehrte.

In diesem Moment entschied Evie, dass sie Sid

die Rettung ihres Lebens vergelten würde, indem sie einen Gefährten für sie fand. Sie musste dafür herausfinden, wer nicht nur Single war, sondern auch gut zu ihr passte. Verdammt, vielleicht konnte sie sogar Bram überreden, sich einen Menschenmann einfallen zu lassen. Evie hatte keine Ahnung, wie sie das erreichen sollte, aber es war einen Versuch wert.

Evie war froh, dass ihr Verstand wieder funktionierte, und befolgte Sids Anweisungen während der Untersuchung. Je eher sie fertig war, desto eher konnte sie Eleanor Rose zum ersten Mal in ihren Armen halten.

BRAM KNUDDELTE seine Tochter an seine Brust, atmete tief ein und ging hinaus in den Wartebereich.

Anstatt der ganzen Bande von Clan-Mitgliedern, die darauf warteten, ihm ihre Beschwerden vorzutragen, wie er erwartet hatte, war das Zimmer voll mit seinen engsten Freunden.

Kai war der Erste, der zu ihm kam und seine Schulter drückte. „Herzlichen Glückwunsch, Bram!"

Jane war an seiner Seite und streckte ihre Arme aus. „Darf ich sie mal halten?"

Bram hatte gewollt, dass Mel und Tristan Eleanor als erste hielten, aber als er die Sehnsucht in Janes Stimme hörte, konnte er nicht anders, als zu antworten: „Natürlich."

Als er Jane das Baby vorsichtig übergab, gurrte die große Menschenfrau und streichelte Eleanors Wange. Dann sah Jane zu Kai. „Jetzt bist du dran."

Kai runzelte die Stirn. „Ich bin nicht wirklich der Typ für Babys."

„Natürlich bist du das. Du weißt es nur noch nicht." Jane legte Eleanor so, dass sie den Kopf des Babys mit einer Hand und ihren Körper mit dem Rest stützte. Bram juckte es in den Fingern, seine Tochter zurückzubekommen, aber sein Drache meldete sich zu Wort: *Kai wird unserem Kind nichts tun. Er lebt jeden Tag, um den Clan zu beschützen. Gib ihm eine Minute mit unserem Baby.*

Wenn er ein Baby will, sollte er sein eigenes haben.

Nach dem Verhalten seiner Frau zu urteilen, werden sie das bald.

Bram wusste, dass Kai und Jane damit warten wollten, Kinder zu bekommen, um sich auf ihre Karriere konzentrieren zu können, aber sein Tier hatte recht. *Eine Minute, aber nicht mehr.*

Tristan erschien an seiner Seite, mit Jack auf einem Arm und Brams Sohn Murray auf dem anderen. „Bram."

Murray streckte seine Arme aus. „Dada!"

Bram konnte seinem Sohn nicht widerstehen, nahm Murray und ließ ihn in seinen Armen hüpfen. „Warst du ein guter Junge?"

Murray nickte, und Bram zerzauste das dunkle Haar seines Sohnes. Dann fragte Murray: „Mama?"

„Wir besuchen Mom gleich. Möchtest du deine Schwester Eleanor noch einmal sehen?"

Murray sah auf das Bündel in Kais Armen. „Nor." Murray zeigte. „Nor."

Er schmunzelte. „Das nehme ich mal als ein Ja." In der Sekunde, als Bram nah genug war, lehnte Murray sich hinüber, um seine Schwester anzustarren. Bram nahm Murrays Hand und führte sie, um damit Eleanors Wange zu streicheln. „Du musst auf sie aufpassen, Murray. Du bist der große Bruder. Jeder Drachenmann hat die Aufgabe, auf seine Frauen aufzupassen."

Melanie tauchte mit ihrer Tochter in den Armen an seiner Seite auf und schüttelte den Kopf. „Evie und ich werden an deinem Sohn arbeiten müssen. Es gibt Grenzen, weißt du. Tristan sollte es wissen, da er sie bei Arabella überschritten hat."

Tristan grunzte. „Sie ist meine Schwester. Der Tag, an dem ich aufhöre, sie beschützen zu wollen, ist der Tag, an dem ich es nicht mehr wert bin, ihr Bruder zu sein."

Mels Gesicht wurde weicher. „Da ist ja schon wieder diese verborgene süße Seite."

Bevor Bram etwas sagen konnte, füllte eine Stimme, die er seit fast einem Jahr nicht mehr gehört hatte, den Raum. „Bram."

Bram drehte den Kopf und sah seinen jüngeren Bruder Bennett und Brams Nichte Ava. „Bennett!"

Bram traf seinen Bruder auf halbem Weg und umarmte ihn einseitig. Dann zog seine Nichte, Ava, an seinem Hemd, und Bram hockte sich mit

Murray im Arm vorsichtig hin, um auch seine Nichte zu umarmen.

Er lehnte sich zurück und betrachtete die blauen Augen seiner Nichte. „Du bist ja schon fast eine erwachsene Drachenfrau."

Ava kicherte. „Ich bin erst sieben dreiviertel."

„Aye, aber du wirst bald so groß sein wie ich." Bram stand auf und lächelte seinen Bruder an. „Ich wusste gar nicht, dass du so schnell zurückkommen würdest. Du hättest anrufen können."

Bennett zwinkerte. „Und die Überraschung ruinieren?"

Bram sah sich nach seiner Schwägerin um. „Wo ist Shauna?"

Bennetts Gesicht wurde neutral. „Sie ist noch immer in Irland. Ihrer Mutter geht's immer noch nicht besser, aber sie lässt grüßen."

Brams Bruder hatte die letzten elf Monate in Irland verbracht, um seine irische Gefährtin Shauna zu unterstützen. Bram drückte seinem Bruder die Schulter. „Schön, dich zu sehen, Bruder." Sid ging zur Tür auf der anderen Seite des Raumes hinaus, und Bram schlug seinem Bruder ein letztes Mal auf die Schulter. „Wir reden später, okay? Ich muss mit der Ärztin sprechen und sicherstellen, dass es Evie gut geht."

Bennett nickte. „Natürlich. Ich muss sowieso was zu essen für mich und Ava finden. „Wir haben nichts gegessen, seit wir Irland verlassen haben."

Ava zog an der Hand ihres Vaters. „Schau mal: Mr. MacLeod. Können wir Hallo sagen, Dad?

Bitte? Er ist so viel besser als der Lehrer, den ich jetzt habe."

Bennett runzelte die Stirn. „Ava, du hast einen netten Lehrer in Donegal."

Ava fragte erneut: „Bitte?"

Mit einem Seufzer nickte Bennett. „Okay, wenn er nicht zu beschäftigt ist. Aber nur ein paar Minuten."

Bennett ging zu Tristan und Bram zu Sid. Sobald er nah genug war, fragte er fordernd: „Und?"

Sid hob eine Braue. „Dieser Tonfall wird bei mir nicht funktionieren, Bram. Warum du immer wieder versuchst, mir mit deiner Dominanz zu kommen, werde ich nie verstehen."

Murray wand sich in Brams Armen. Automatisch ließ er seinen Sohn hüpfen. „Können wir das nicht jetzt mal lassen? Wie geht's Evie?"

Sid steckte die Hände in die Taschen ihres weißen Laborkittels. „Solange es keine weiteren Komplikationen gibt, sollte sie in ein paar Tagen entlassen werden. Sie kann zwar allmählich Besucher empfangen, aber ich möchte, dass sie zuerst Eleanor füttert."

„Gut, dann nimm Murray, während ich sie hole."

Bram gab ihr den Jungen und ging zu Kai und Jane. Allerdings hatte Melanie Eleanor gerade, während Jane eine summende Annabel hielt.

Er streckte seine Hände aus. „Tut mir leid, eure

Zeit mit dem Baby zu stören, aber ich muss Eleanor zurück zu Evie bringen."

Mel reichte das Baby vorsichtig weiter. „Geht's ihr besser? Können wir sie bald sehen?"

„Glaub mir, sobald Evie Besuch haben darf, wirst du es als erste erfahren."

Mel nickte. „Schrei einfach, wenn wir noch mal auf Murray aufpassen sollen."

Bram lächelte und ging zurück zu Sid. Die Drachenfrau lachte, während sie dem kleinen Jungen den Hals kitzelte, und es traf Bram, dass er Sid selten so entspannt sah. Er hatte in letzter Zeit wegen Evie nicht so oft nach seiner Chefärztin gesehen, aber er musste so schnell wie möglich sicherstellen, dass es Sid gut ging. So sehr es ihn auch schmerzte, es zuzugeben, Sid lief ständig Gefahr zusammenzubrechen wegen ihres schweigenden Drachen.

Für den Moment verdrängte er die ernsten Gedanken und lächelte Sid an. „Der Junge mag dich."

Sid sah nicht auf. „Er ist so ein lieber kleiner Kerl. Ich wünschte, sie wären alle wie er."

Bram schnaubte. „Du hast noch keinen seiner seltenen Wutausbrüche gesehen."

Sid verlagerte Murray auf ihrer Hüfte. „Das ist deine Aufgabe als Dad. Aber genug von deinem Sohn, kümmern wir uns um Evie."

Sie bahnten sich ihren Weg durch die Korridore und in Evies Zimmer. Ihre Augen waren geschlossen, aber sie öffneten sich eine Sekunde später. Evie lächelte, während sie ihre Arme ausstreckte. „Komm her, Murray! Mama möchte einmal geknuddelt werden."

Sid reichte ihr das Kleinkind, und Murray legte sich gegen Evies Brust, während sie sein Haar streichelte. Der Anblick ging direkt in sein Herz; Evie würde Murray nie anders behandeln, nur weil er adoptiert war.

Bram küsste Evies Stirn und setzte sich neben sie auf das Bett. „Unsere Familie ist endlich zusammen."

Evie schmiegte sich an seine Seite. „Ich bin gerade so glücklich, dass ich wieder anfangen könnte zu weinen. Ich warne dich nur."

Während Bram so bei seiner neuen Familie saß, platzte sein Herz fast vor Glück. Und verdammt, sein Blick war verschleiert. „Weine so viel du willst, Liebes. Dich am Leben und zusammen mit meinen beiden Kindern zu haben, lässt auch meine Augen feucht werden."

„Bram."

Er saß einfach still da und hielt seine Tochter in einem Arm und seine Gefährtin und ihren Sohn im anderen.

Kapitel Sechs

Zwei Wochen später

E vie zupfte das seidige, blaue Wickeltuch um Eleanor zum fünfzehnten Mal zurecht. Sie schien das verdammte Ding nie so gut um ihre Tochter wickeln zu können, wie Holly oder eine der anderen Schwestern es gemacht hatten.

Evie biss sich auf die Unterlippe, wurde kreativ und band den überschüssigen Stoff zu einer Schleife. „Na also. Mama hat dich hübsch gemacht." Eleanor ruderte mit den Armen und Evie seufzte. „Okay, du siehst aus wie ein schlecht verpacktes Weihnachtsgeschenk, aber es muss reichen. Wir kommen zu spät zu der Feier, wenn ich dich auspacke und es noch einmal versuche."

Evie nahm ihre Tochter in die Arme und legte

eine weitere Decke um ihr Baby. Der Weg zum Palas war nicht lang, aber sie ging kein Risiko ein.

Sobald sie die Treppe hinunterstieg, kam Bram, um sie zu begrüßen. Er trug die traditionelle Drachenwandlertracht aus einem einfarbig kastanienbraunen Stoff, der wie ein Kilt um seine Taille gelegt und über eine Schulter geworfen war. Sie nahm sich eine Sekunde Zeit, um ihren gutaussehenden Gefährten zu mustern, und Bram schmunzelte. „Ich wünschte, ich könnte meine lustvolle Frau erfreuen, aber du bist noch nicht geheilt. Du darfst mich nur mit deinem Verstand ausziehen."

Sie begegnete seinem Blick und runzelte die Stirn. „Nur weil ich deine muskulösen Arme bewundert habe, bedeutet das nicht, dass ich an Sex gedacht habe. Ich habe kürzlich ein Baby aus meiner Vagina gepresst. Es wird noch eine Weile dauern, bis ich in Stimmung bin, Bram."

Bram ging auf sie zu und berührte ihre Wange. Nachdem er ihr einen sanften Kuss gegeben hatte, murmelte er: „Keine Sorge, Liebes. Es lohnt sich, auf dich zu warten."

Evie blinzelte die Tränen zurück und wischte sie mit einem Arm weg. „Ich kann es kaum erwarten, dass diese verdammten Hormone endlich aus meinem Körper verschwinden. Man sollte doch meinen, ich hätte unterdessen wieder Kontrolle über mich selbst."

„Ich finde es anbetungswürdig." Bevor Evie

antworten konnte, strich Bram zärtlich über Eleanors Wange. „Wie dich, kleine Prinzessin."

Sie sah, wie Bram über ihre Tochter gurrte, und stieß einen zufriedenen Seufzer aus. „Müssen wir heute Abend wirklich ausgehen? Ich bin mehr als glücklich, bei dir und unseren beiden Babys hier zu bleiben."

Bram begegnete ihrem Blick erneut. „Wir müssen nicht nur unsere Tochter offiziell dem Clan vorstellen, es ist außerdem die erste kombinierte Weihnachts- und Wintersonnenwendfeier in Stonefire. Melanie erwartet, dass du da sein wirst."

„Ich hatte eigentlich vorgehabt, ungefähr jetzt ein Kind zu bekommen. Mein Glück, dass Eleanor zwei Wochen zu früh geboren wurde."

Bram ging zu ihr, legte einen Arm um ihre Schultern und drückte sie. „Komm, Liebes. Ein neues Baby zu präsentieren, ist eine große Tradition für Stonefire. Du musst ja nicht den ganzen Abend bleiben, aber dreißig Minuten bedeuten für jeden, der wartet, die Welt."

Sie gingen los. „Ich weiß. Es ist nur so, dass ich keine ganze Nacht mehr geschlafen habe, seit wir Eleanor nach Hause geholt haben. Normalerweise plaudere ich gerne mit den Clan-Mitgliedern, aber ich bin mürrisch und werde ihnen wahrscheinlich stattdessen die Köpfe abbeißen."

Bram hielt an der Tür an, um Evies dunkelgrauen Umhang von der Wand zu nehmen und ihn um ihre Schultern zu legen. „Alle anwesenden Eltern werden es verstehen." Bram grinste. „Außerdem weiß ich, wie sehr du Überraschungen liebst, und ich habe eine für dich nach der Zeremonie."

Sie sah ihn von der Seite an. „Hängt von der Überraschung ab."

„Die wird dir gefallen, das verspreche ich."

Da Brams Erfolgsbilanz mit guten Überraschungen etwa fünfzig-fünfzig betrug, fragte sich Evie, was um alles in der Welt er dieses Mal wohl gemacht haben konnte. Sie stand nicht sehr auf Geschenke, wie er genau wusste. Es gab nur eine Handvoll Dinge, die sie wirklich wollte, und das waren hauptsächlich Menschen, die sie in ihrem Leben vermisste.

Dann traf es sie – es gab eine Person, die sie seit fast einem Jahr suchten. „Habt ihr Alice gefunden? Ist sie hier?"

Bram nickte zur Tür. „Komm und finde es selbst heraus."

Evie hoffte, es sei wahr. Alice Darby war die einzige Freundin, die sie den Großteil ihres Lebens gehabt hatte. Alice war auch die Einzige gewesen, die Evies Faszination für Drachenwandler verstanden hatte. Und doch war sie viel zu lange schon nicht in der Lage, ihre Freundin zu erreichen. Jeden Tag, der ohne ein Lebenszeichen verging, drehte sich Evie vor Angst der Magen um.

Eleanor kuschelte sich an Evie, und das half, sie zu entspannen. Mit einem Blick auf ihre Tochter flüsterte sie: „Okay, ich verstehe deinen Hinweis. Du willst, dass Daddy sich beeilt und uns von der Überraschung erzählt, damit du wieder schlafen kannst."

Bram schnaubte. „Guter Versuch, Evie." Er drückte gegen Evies unteren Rücken. „Komm, Liebes. Es ist Showtime."

Mit einem Seufzer zog Evie Eleanors Decke enger um ihren kleinen Körper und verließ das Cottage in Richtung Palas.

WIE BRAM ES GESCHAFFT HATTE, sein Geheimnis vor Evie zu bewahren, wusste er nicht. Sein verdammter Drache nervte ihn bis zum Gehtnichtmehr.

Sein Tier meldete sich zu Wort. *Sie wird sich freuen. Wir sollten es ihr sagen. Dann würde sie sich auf die Feier freuen.*

Zum zehnten Mal: Ich sehe so gern Evies Gesicht, wenn ich sie überrasche. Und das hier ist was Gutes. Das beste Sonnenwendgeschenk, das ich ihr machen konnte.

Sein Drache schnaubte. *Ich sage immer noch, sie verdient mehr Geschenke.*

Sie ist keine Drachenwandlerin. Evie muss sich keine Sorgen darum machen, ihrer verwöhnten anderen Hälfte eine Freude zu machen.

Glücklicherweise verblasste das Tier in seinen Hinterkopf. Die Geschichten über Drachen, die

Schätze lieben, kamen der Wahrheit manchmal etwas zu nah.

Bram blickte auf seine Tochter hinab und zog Evie näher an sich. Wenn nur auch Murray in seinen Armen gewesen wäre, wäre der Moment perfekt. „Ich hoffe, der kleine Murray hat meinen Bruder nicht müde gemacht. Ava allein ist schon anstrengend, aber wenn dann noch Murray mit hinzukommt, dann entsteht Chaos."

Evie lächelte. „Murray braucht Zeit, um seinen Onkel und seine Cousine kennenzulernen. Außerdem, wenn Bennett mit Ava klarkommt, dann wird es ihm gut gehen. Ich mache mir mehr Sorgen, dass Eleanor wie ihre Cousine wird. Zwei hyperaktive Kinder werden mich umbringen."

Er küsste Evies Haar und murmelte: „Wir schaffen das, Liebes. Wir schaffen das schon."

Sie kamen an dem hohen Ziegelgebäude an, das als Palas des Stonefire-Clans diente. Lichter schienen aus den Fenstern, und Musik drang aus der Tür heraus in die Luft. Fünf Sekunden später eilte Melanie aus dem Palas direkt auf sie zu. Sobald sie nah genug war, fragte Mel: „Warum habt ihr denn so lange gebraucht? Die Zeremonie sollte in wenigen Minuten losgehen. Jane hat hart daran gearbeitet, ein paar Freunde von der Presse einzuladen und die Ausrüstung für die Aufzeichnung der Veranstaltung einzurichten. Ihr wisst, dass sie nach dem Neujahrsfest ihre Podcast-Reihe beginnen wird, und sie möchte den heutigen Abend in eine der ersten Episoden einbeziehen."

Evies Stimme war trocken, als sie antwortete: „Wir sind nicht alle Supermütter wie du, Melanie Hall-MacLeod. Du konntest vielleicht Wochen nach der Geburt der Zwillinge wieder mit der Arbeit loslegen, aber ich versuche immer noch, meinen Blutdruck unter Kontrolle zu halten. Genau genommen solltest du nichts tun, um ihn wieder zu erhöhen."

Selbst im Halbdunkel bemerkte Evie das Funkeln in Brams Augen. „Aye, Evie hat recht. Vielleicht lassen wir uns Zeit auf dem Weg in den Palas."

Evie sah zu Bram hoch und hob eine Augenbraue. „Du musst gerade reden. Du bist doch derjenige, der von Überraschungen spricht."

Mel meldete sich zu Wort. „Komm schon, Evie. Du willst doch nicht, dass die kleine Eleanor so lange in der Kälte bleibt, oder?"

„Verdammt, Melanie."

Melanie grinste. „Dank dir bin ich schon ziemlich gut in sämtlichen Abkürzungen, um einer Mutter ein schlechtes Gewissen einzujagen. Wenn du nicht wolltest, dass ich sie gegen dich verwende, dann hättest du sie auch nicht bei mir verwenden sollen."

Bram grunzte. „Wenn du jemand anderes wärst, Mel, würde ich ihm sagen, er soll es sich sonst wohin stecken."

Mel zwinkerte. „Aber du liebst mich zu sehr."

Als Evie den Kopf schüttelte, knurrte Brams

Drache, und er wusste, er sollte besser etwas unternehmen, sonst würde ihm sein verdammtes Tier Kopfschmerzen bereiten. „Na schön, wir kommen. Gib uns nur eine Minute."

Melanie sah von Bram zu Evie und wieder zurück. „Eine Minute. Dann schicke ich Tristan und Kai, um euch zu holen."

„Kai wird mich nicht herumkommandieren", stellte Bram fest.

Melanie neigte den Kopf. „Wenn es darum geht, Jane einen Gefallen zu tun, dann ja, das wird er ganz sicher."

Bram seufzte. Auch wenn er glücklich war, dass sein oberster Beschützer eine zweite Chance auf die Liebe gefunden hatte, fand Bram immer wieder neue Dinge über seinen Sicherheitschef heraus. Wenn Bram nicht aufpasste, würde Jane die Befehle erteilen.

Aber er würde sich später mal mit der Menschenfrau unterhalten müssen. „Geh und sag ihnen, dass wir kommen, Mädel."

Mit einem Nicken drehte sich Mel um und ging zurück in den Palas. Bram streichelte Evies Wange. „Gib mir einen Kuss, Liebes. Dann können wir reingehen und die verdammte Zeremonie hinter uns bringen."

Evie lächelte. „Du hast also deine Meinung geändert."

Bram wollte es nicht zugeben, daher küsste er Evie sanft. Aber in der Sekunde, in der seine Lippen ihren weichen Mund berührten, verlangte sein Drache mehr.

Er knabberte an ihrer Unterlippe, Evie öffnete den Mund, und er streichelte seine Zunge gegen ihre. Sie zu kosten war jedoch keine gute Idee, da er sie mit jedem Atom seines Wesens wollte; Dr. Sid zufolge konnte er sie allerdings mindestens weitere sechs Wochen nicht haben.

Nach einem letzten Streicheln unterbrach Bram den Kuss und flüsterte: „Jetzt hast du meinen Geschmack in deinem Mund."

„Und das ist wichtig, weil?"

„Weil all diese Männer dich anstarren werden. Bei deinem schönen Körper und dem Baby in deinen Armen wird sich mehr als einer wünschen, er könnte dich beanspruchen."

Evie verdrehte die Augen. „Ich dachte, die Besessenheit sollte nach der Geburt unserer Tochter nachlassen."

Er versetzte ihr einen Klaps auf den Po. „Bei dir, Evie Marshall, wird sie nie nachlassen."

Bevor seine Gefährtin noch ein Wort sagen konnte, führte Bram sie in den Palas. Er hatte sich selbst etwas Zeit genommen, aber als Anführer musste er auch an den Clan denken. Es gab keinen besseren Weg, das Ende des Jahres zu feiern, als mit einer neuen Geburt und einer Begrüßungszeremonie.

∽

WÄHREND EVIE ELEANOR sanft in ihren Armen wiegte, suchte sie die Menge nach Alice' Gesicht ab. Aber nach einer gründlichen Suche konnte sie ihre Freundin nicht entdecken. Evie wusste zwar, dass es weit hergeholt war, aber sie hatte wirklich gehofft, dass Brams Überraschung bedeutete, er habe ihre Freundin gefunden. Vor allem, da Evie bereits alles andere hatte, was sie in Stonefire wollte – eine Familie, Freunde und ein Ziel.

Während sie vorübergehend von ihren Pflichten freigestellt war, um sich um ihre Tochter zu kümmern, arbeitete Evie in letzter Zeit immer öfter mit dem Ministerium für Drachenangelegenheiten zusammen. Die Agentur war nach dem Bombenanschlag Anfang des Jahres noch im Umbau, aber das bedeutete nicht, dass Evie nicht ihre Kontakte anzapfte, um Stonefire die besten Deals an Land zu ziehen, die sie bekommen konnte.

Sie musste auch ein Auge darauf haben, wer der nächste Direktor des MDA sein sollte. Besonders ein Mann hatte die größte Chance, aber Evie würde barfuß durch die Hölle gehen, bevor sie zuließ, dass Jonathan Christie die Kontrolle übernahm. Dieser Mann hasste Drachenwandler und wäre nichts als Ärger.

Bevor sie weiter darüber nachdenken konnte, wie sie Christie aufhalten konnte, dröhnte Brams Stimme durch den Palas. „Danke euch allen fürs Kommen! Ich weiß, heute Abend geht es sowohl um die Feier von Weihnachten als auch der Wintersonnenwende. Ich möchte jedoch der

Tagesordnung noch die Feier der Geburt meiner Tochter Eleanor Rose hinzufügen."

Die Menge jubelte. Evie lächelte, als Bram einen Arm um ihre Taille legte. Er fuhr fort: „Bevor Evie die kleine Eleanor hinunterbringt, damit jeder von euch Gelegenheit hat, das Wickeltuch des Babys zur Begrüßung zu berühren, lasst uns den Silberschmied und leitenden Künstler des Stonefire-Clans, Dylan Turner, zu uns auf die Bühne rufen, damit er Eleanor Rose ihr zukünftiges Tattoo-Design überreichen kann."

Die Menge teilte sich, als Dylan auf Evie und Bram zuging.

Evie war noch nie bei der Begrüßungszeremonie eines Babys gewesen. Sie wusste jedoch, dass der Silberschmied für jedes neue Kind ein einzigartiges Tattoo-Design entwarf. Dylan hatte Aufzeichnungen, die hunderte von Jahren zurückreichten und hatte für ihre Tochter etwas Originelles geschaffen, das dennoch etwas mit Evie und Bram zu tun hatte.

Dylan stieg mit einem großen Plakat, das mit einem Tuch abgedeckt war, und einem kleineren Paket, das ordentlich in eine Babydecke gewickelt war, auf das Podium. Der braunhaarige Mann Anfang vierzig überreichte Bram das kleinere Paket. Als Bram es nahm, sagte Dylan: „Möge euer Kind wachsen und gedeihen, damit es an seinem sechzehnten Geburtstag das Geschenk meines Tattoo-Designs erhält."

Bram gab die übliche Antwort. „Sie wird der Welt mit Stolz deine Arbeit präsentieren."

Dylan nickte, was Bram signalisierte, er solle das Band lösen und die lila-blaue Decke entfernen. Darin war eine gerahmte Kopie von Eleanors Tattoo. Während Evie die Kurven im Design an Brams Tattoo erinnerten, waren auch scharfe, zerklüftete Spitzen eingewebt. Es gab wahrscheinlich eine Bedeutung für dieses Design, aber Evie würde Bram später danach fragen.

Im Moment sah Bram Dylan erneut an. „Danke, mein Freund. Wir werden das in Ehren halten. Bitte teile dein Geschenk mit dem Clan."

Dylan entfernte das Tuch von dem fast 1,80 Meter großen Plakat, drehte es um und hielt es hoch. Der Clan klatschte und jubelte. Evie konnte deutlich: „Willkommen, Eleanor!" von einigen der lauteren Clanmitglieder hören.

Sie hatte halb erwartet, Eleanor würde anfangen zu weinen, aber ihre Tochter wand sich nicht einmal.

Bram hob schließlich die Hand, und im Saal wurde es still. „Nun, da wir meine Tochter willkommen geheißen haben, werden Evie und ich euch unten erwarten, damit ihr sie begrüßen könnt."

Bram nickte ein letztes Mal Dylan zu, bevor er seine Hand an Evies unteren Rücken legte. Als sie die Treppe hinabstiegen, flüsterte er: „Das musst du noch überstehen, Evie Marie, dann kann ich dir endlich dein Geschenk geben."

Evie öffnete den Mund, um zu antworten, aber die Clan-Mitglieder standen schon Schlange, um die kleine Eleanor willkommen zu heißen. Evie hob ihre Fragen für später auf, lächelte und spielte die Rolle der Gefährtin eines Clanführers. Je eher sie diese Aufgabe beendete, desto eher konnte sie herausfinden, was zum Teufel Bram für sie hatte.

Kapitel Sieben

E ine Stunde später schaffte es Bram endlich, Evie aus dem Palas in eines der Büros im selben Gebäude zu bringen. Ihre hungrige Tochter weinte. Obwohl einige aus dem Clan sie noch nicht offiziell hatten begrüßen können, wollte niemand dem Baby sein Essen verweigern.

Sobald Bram die Tür schloss, holte Evie ihre linke Brust heraus und legte Eleanor so, dass der Säugling an der Brustwarze andockte. Der Anblick seines Kindes an Evies Brust erwärmte sowohl Mensch als auch Tier.

Sein Drache meldete sich zu Wort. *Unser Junges ist gesund und wächst schnell. Eleanor wird die Aufmerksamkeit jedes Drachenwandlers auf sich ziehen, wenn sie volljährig ist.*

Denken wir noch nicht an die Teenagerjahre unserer kleinen Tochter. Ich möchte die Gegenwart genießen.

Das wird schneller kommen, als du denkst. Wir sollten

vorbereitet sein, um die zu verjagen, die Eleanors nicht würdig sind.

Bram schmunzelte. *Ich bin mir sicher, dass wir interessante Wege finden, um die Männer zu vergraulen.*

Evies Stimme unterbrach seine Gedanken. „Was hat dein Drache gesagt, dass du lachen musstest?"

Bram wedelte mit einer Hand. „Oh, nur, dass er die Männer vergraulen will, wenn Eleanor älter ist."

Evie grinste. „Damit kann ich mich anfreunden, vor allem, wenn es ein knurriger Drachenmann ist."

Er hob eine Braue. „Menschenmänner sind genauso sexbesessen wie Drachenwandler."

„Da bin ich mir nicht so sicher."

Keiner von ihnen erwähnte, dass Drachenwandlerfrauen noch nicht legal Menschenmänner paaren durften. Natürlich, wie er seine Evie kannte, würde sie einen Weg finden, das durchzusetzen, wenn Eleanor sich in einen Menschen verliebte.

Bram berührte den Kopf seiner Tochter, sah Evie in die Augen, und sie teilten sich einen Moment. Es war etwas sehr Intimes und Kostbares, Zeit allein mit seiner Gefährtin und seiner kleinen Tochter zu verbringen, während Eleanor gestillt wurde.

Sein Drache knurrte. *Vergiss nicht Evies Überraschung.*

Bram nahm das Handy mit seiner freien Hand heraus und unterbrach das Schweigen. „Sobald Eleanor gefüttert ist, bist du dann bereit für deine Überraschung?"

„Musst du diese Frage wirklich stellen?"

Er zuckte die Schultern. „Hey, du bist diejenige, die gesagt hat, sie könnte nach einer halben Stunde müde sein. Ich passe nur auf meine Gefährtin auf."

Evie schüttelte den Kopf. „Manchmal frage ich mich, warum ich es mit dir aushalte."

Er beugte sich vor und küsste sie vorsichtig. „Weil du mich liebst."

Sie seufzte. „Ja, das stimmt. Aber ich habe meine Grenzen. Ich möchte wissen, was du vor mir verheimlicht hast."

Bram schickte eine SMS und blickte dann zurück zu Evie. „Noch zehn Minuten, Liebes. Füttere unsere Tochter, und dann kann ich sie mitnehmen, während du die Überraschung genießt."

Evie musterte ihn eine Sekunde, bevor sie sagte: „Du bist ein Quälgeist, Bram Moore-Llewellyn."

„Verdammt richtig, das bin ich. Aber du liebst mich trotzdem."

Während er und seine Gefährtin einander anlächelten, hoffte Bram nur, dass Evie ihn später nicht umbringen würde. Mit der Zeit würde sie seine Überraschung zu schätzen wissen. Kurzfristig könnte sie ihm jedoch bei der ersten Gelegenheit einen Cricketschläger in die Eier rammen.

ALS ELEANOR GEFÜTTERT WAR und ihr

Bäuerchen gemacht hatte, übergab Evie Bram das Baby. „Und? Wo ist meine Überraschung?"

„Wartet nebenan."

Bram hielt Eleanor mit einer Hand gegen seine Schulter und öffnete die Tür. Auf dem Weg aus dem Raum trommelte Evies Herz in ihrer Brust.

Früher hatte sie Überraschungen gehasst. Vor allem, weil jede Überraschung, bis sie Bram kennengelernt hatte, eine Enttäuschung gewesen war. Die Feststellung, dass sie nicht kompatibel war, sich einem Drachen zu opfern, dass sie die meisten ihrer sogenannten Freunde verloren hatte, nachdem sie dem MDA beigetreten war, oder, und vor allem, dass ihre Eltern vor Jahren beschlossen hatten, nach Spanien zu ziehen, weil sie aufgrund von Evies Jobs beim MDA Drohungen erhalten hatten.

Aber sie vertraute Bram. Er würde nie etwas tun, das sie verletzte. Verdammt, er hatte eine Rettungsaktion durchgeführt, um sie vor den Drachenjägern zu retten. Er würde eher sterben, als ihr Schmerzen zuzufügen.

Richtig, Evie. Reiß dich zusammen! Nachdem sie einmal tief durchgeatmet hatte, öffnete Evie die Tür zum angrenzenden Zimmer und wurde vom Anblick eines Menschen begrüßt, den sie seit über fünf Jahren nicht gesehen hatte. „Mom."

Eine Frau Ende fünfzig, mit weiß gesträhntem roten Haar, drehte sich auf sie zu und schenkte ihr ein schwaches Lächeln. „Hallo, Evie."

Evie sah von ihrer Mom zu Bram und wieder zurück. „Was? Wie? Ich verstehe nicht."

Bram stupste sie mit seiner Schulter an. „Gib deiner Mutter einfach fünf Minuten. Wenn du danach willst, dass sie geht, wird Kai sie hinausbegleiten. Ich warte direkt vor der Tür."

Bevor Evie mehr als nur blinzeln konnte, hatte Bram die Tür hinter sich geschlossen, und sie war allein mit ihrer Mutter.

Sie drückte ihre Finger zusammen, während sie versuchte herauszufinden, was sie der Frau sagen sollte, die nach Spanien abgehauen war und nie zurückgeblickt hatte.

Evies Mom Karen streckte eine Hand aus und zog sie dann wieder zurück. „Du hast einen sehr überzeugenden Ehemann, Evie. Er liebt dich wirklich."

„Er ist mein Gefährte. Und ja, das tut er."

„Evie …"

Sie hob eine Hand. „Nein, Mom. *Sag mir einfach, weswegen du hier bist.* Ich habe nichts von dir gehört, seit du das Land vor fünf Jahren verlassen hast."

Ihre Mutter ballte eine Faust über dem Herzen. „Ich wollte kommen, das wollte ich wirklich. Aber dein Vater war absolut dagegen. Er hatte seinen Job verloren, seine Freunde und fast sein Leben wegen deiner Berufswahl. Die Schikanen und Todesdrohungen haben nie aufgehört und wären weitergegangen, wenn wir in England geblieben wären."

Evie schüttelte den Kopf. „Das ist keine Entschuldigung. Ich habe euch mehrmals gefragt, ob ihr mit dem umgehen könntet, was passieren würde, wenn ich dem MDA beitrete, und ihr beide habt mir versichert, dass ihr das könnt." Ihre Kehle verengte sich, und Evie schloss die Augen für eine Sekunde, bevor sie weiter sagte: „Wir standen uns als Familie nie wirklich nahe, und das habe ich akzeptiert. Aber Vater hat mich verstoßen und gesagt, dass ihr keine Tochter mehr habt." Evie öffnete die Augen. „Und das hat wehgetan."

„Glaub mir, Liebes, ich habe versucht, seine Meinung zu ändern. Aber du weißt, wie dein Vater ist. Sein Wort ist endgültig. Nicht einmal du und deine Argumente könnten ihn je dazu bringen, seine Entscheidung zu ändern."

Erinnerungen an hitzige Diskussionen füllten ihren Geist, und Evie verdrängte sie. „Und jetzt, Mutter? Was hat er zu deinem Kommen gesagt?"

Karen machte einen Schritt auf sie zu. „Er hat es mir verboten. Er wollte nicht, dass ich mein Leben riskiere."

„Und wie bist du dann hier?"

Ihre Mutter machte einen weiteren Schritt auf sie zu. „Ich hatte genug. Ich musste meine Tochter und meine Enkel sehen. Er wollte es nicht erlauben, also habe ich ihn verlassen."

Etwas von Evies Wut schmolz dahin. „Ach, Mom."

Tränen füllten Karens Augen. „Es hat lange gedauert, bis ich erkannt und akzeptiert habe, dass er nicht mehr der Mann ist, in den ich mich verliebt habe. Ich habe endlich das Richtige getan und mich für dich entschieden, Evie Marie." Ihre Mom öffnete die Arme. „Vergibst du mir?"

Sie hielt eine Sekunde inne, bevor sie antwortete: „Das kommt darauf an. Wirst du wirklich zu mir und meiner neuen Familie halten? Es wird nicht leicht sein. Unser Clan steht an vorderster Front bei dem Versuch, den Status quo für Drachenwandler zu ändern, und das birgt Gefahr."

Ihre Mutter nickte und senkte die Arme. „Ich bin dieses Mal für immer hier, Evie. Solange du mich akzeptierst. Das waren Brams Bedingungen."

„Welche Bedingungen?"

„Ich kann die Erlaubnis bekommen, in Stonefire zu bleiben, solange Bram es zulässt." Karen klopfte auf ihre Jackentasche. „Ich habe den Papierkram genau hier. Es fehlt nur noch Brams Unterschrift."

Evie versuchte, alles zu verdauen, was gerade passiert war. Wenn ihre Mutter eine Erlaubnis hatte, dann hatte Bram schon eine Weile daran gearbeitet, ihre Mutter nach Stonefire zu holen.

Als sie das blasse, runde Gesicht und die blutunterlaufenen Augen ihrer Mom anstarrte, konnte Evie erkennen, dass die Entscheidung, nach Stonefire zu kommen, nicht einfach gewesen war. Ein kleiner Teil von ihr wollte Karen Marshall umarmen und nie loslassen.

Aber Evie wollte sich selbst oder ihren Kindern nicht das Herz brechen. Zuerst musste sie sich über die Absichten ihrer Mutter im Klaren sein. „Wenn du bleibst, darfst du das Land des Clans nur selten ohne eine Eskorte aus ein oder zwei Drachenwandlern verlassen. Deine Freunde oder Angehörigen müssen sich für eine Besuchserlaubnis an das Innenministerium wenden. Und vor allem, wenn du zu Dad zurückgehst, wird Stonefire dir keinen Schutz bieten. Dann bist du auf dich allein gestellt."

Es klang vielleicht etwas hart, aber Evie musste zuerst ihren Clan beschützen. Sie waren zu ihrer Familie geworden.

Karen neigte den Kopf. „Wenn ich meine Tochter dadurch besser kennenlernen kann, dann ist es das wert, Evie. Ich werde jeden Test machen, den du von mir verlangst. Dieses Mal bleibe ich für immer."

Der Tonfall ihrer Mutter war selbstbewusst. Evie konnte sich nicht erinnern, als Kind ihre Mutter mit solcher Überzeugung sprechen gehört zu haben.

Karen öffnete wieder die Arme. „Komm her, mein kleiner Engel. Ich habe dich vermisst."

Als sie den Kosenamen hörte, den ihre Mutter für sie als kleines Mädchen verwendet hatte, stachen ihr Tränen in die Augen. Evie eilte in die Arme ihrer Mutter, umarmte sie fest und flüsterte: „Bitte tu mir nicht wieder weh, Mom. Ich glaube nicht, dass ich das ertrage."

Karen lehnte sich zurück und nahm Evies Gesicht in die Hände. „Nie wieder, Evie. Nie wieder." Ihre Mutter lächelte. „Wie wäre es jetzt, wenn du mir meine Enkel zeigst? Und hoffentlich einen Platz zum Übernachten. Ich bin mir nicht sicher, ob Drachenwandler gerne im Freien schlafen, aber es ist verdammt kalt da draußen. Ich will nur ein warmes Feuer, meine Tochter und meine Enkel zu Weihnachten."

Evie lächelte. „Ich drohe Bram vielleicht ab und zu damit, dass er draußen schlafen muss, aber Drachen hassen die Kälte. Zumindest mein Drachenmann." Evie wischte sich die Augen. „Bram, ich weiß, du kannst mich hören, also komm rein."

Karen blinzelte, als Bram mit der schlafenden kleinen Eleanor in seinen Armen die Tür öffnete. Ihr Gefährte sah Evie und ihre Mutter an, bevor er fragte: „Und? Ist meine Überraschung gut oder schlecht?"

Evie drückte ihre Mutter ein letztes Mal, bevor sie sich zu Bram umdrehte. „Da du jedes Wort gehört hast, weiß ich nicht, warum du fragst. Schadenfreude ist nicht gut für dich."

Bram setzte einen vorgetäuscht-unschuldigen Blick auf. „Ich kann deine Gedanken nicht lesen. Kannst du es mir nicht sagen?" Er ahmte mit seiner Stimme eine weibliche nach. „Ach, Bram. Das ist das beste Geschenk aller Zeiten. Ich muss Wege finden, dich dafür zu belohnen."

Evie ging zu ihm hinüber und schlug ihm auf den Rücken. „So höre ich mich gar nicht an."

Karen fragte: „Pardon, wie konnte er uns hören?"

Evie tätschelte Brams Brust. „Drachenwandler haben ein übersensibles Gehör. Sofern ein Raum nicht schallisoliert oder mit dickem Stahl ummantelt ist, können sie die meisten Gespräche hören." Evie sah wieder ihre Mutter an. „Sei also vorsichtig, was du sagst. Drachenwandler tratschen meiner Meinung nach mehr als Menschen."

Bram schmunzelte. „Red dir das nur weiter ein, Liebes. Vielleicht wird es auch eines Tages wahr werden."

Evie nahm Bram Eleanor vorsichtig ab und flüsterte zu ihrer Tochter: „Versprich mir, dass du nicht nach Daddy kommst. Du weißt, du willst so vernünftig sein wie ich."

Bram schnaubte, aber Evie ignorierte ihn und ging zu Karen. Ihre Mutter berührte Eleanors Wange und fing an zu weinen. „Sie ist wunderschön, Evie."

Evie hielt sich kaum vom Weinen ab. „Eleanor Rose, das ist deine Großmutter."

Karen fragte: „Kann ich sie halten?"

Als ob Eleanor die Bedeutung des Augenblicks verstehen könnte, stieß sie ein Geräusch aus, das nur eines bedeutete: Eine schmutzige Windel. „Wenn du sie nimmst, musst du sie wickeln."

Karen nickte. „Das kann ich machen. Lass mich sie halten."

Als Evie Karen ihre Tochter übergab, tauchte Bram an ihrer Seite auf. „Mein Masterplan funktioniert. Jetzt muss ich doch nicht so viele Windeln wechseln."

Karen lächelte. Aber Evie kam ihrer Mutter mit

einer Antwort zuvor. „Allein dafür übernehmen Mom und ich die eine Hälfte und du die andere."

Bram runzelte die Stirn. „Das ist unfair."

Evie grinste. „Dann musst du mich nur davon überzeugen, die Prozentsätze zu ändern."

Bram zog sie an sich. „Ich glaube, das kann ich machen." Er gab ihr einen langen, anhaltenden Kuss, bevor er flüsterte: „Aber der Hauptteil wird warten müssen, bis deine Mom nicht mehr im Raum ist."

Evie lachte und drehte den Kopf zu ihrer Mutter. Bei der Wärme in den Armen ihres Drachenmanns und dem Anblick ihrer Mutter, die ihre Tochter hielt, platzte Evie fast vor Glück. Nur eine Sache fehlte. „Mom, komm mit uns nach Hause. Du kannst bei uns bleiben, bis alles geregelt ist. Wenn du Eleanor gewickelt hast, holen wir deinen Enkel Murray ab, dann kannst du ihn auch kennenlernen."

Karens Augen waren voller Hoffnung. „Du möchtest, dass ich bei euch bleibe?"

Evie nickte. „Zumindest für eine Weile. Ich könnte ein wenig Hilfe gebrauchen."

Bram drückte Evie sanft. „Also, du hast meine Frage noch nicht beantwortet." Magst du deine Überraschung?"

Sie sah in Brams hellblaue Augen. „Sie gehört definitiv zu den fünf besten Überraschungen."

„Den fünf besten?"

„Nun, zu erfahren, dass ich deine wahre

Gefährtin bin, war die beste, Bram. Ohne sie wäre nichts davon geschehen."

Einer seiner Mundwinkel zuckte hoch. „Ich glaube, mir gefällt die Antwort."

Seine Lippen senkten sich auf ihre. Evie war es egal, dass ihre Mutter im Raum war, sie schmolz in den Kuss.

Sie dachte, ihren Drachenmann zu paaren, war der beste Tag ihres Lebens gewesen. Aber mit jedem Tag, der verging, wurde ihr Leben glücklicher und ihre Liebe zu ihm stärker.

Es schien, dass sie mit Bram ihr Happy End nicht an einem einzigen Tag gefunden hatte. Nein, es erstreckte sich über ein ganzes Leben.

Dem Drachen ergeben

STONEFIRE DRACHEN, BUCH 7

Nikki Gray hat einen Grund, Drachenjäger zu hassen – sie haben vor einem Jahr eine ihrer Freundinnen brutal ermordet. Und nicht nur das, sie haben bei mehreren britischen Drachenclans verheerenden Schaden angerichtet und unzählige Verletzte hinterlassen. Entschlossen, die Jäger zu besiegen, indem sie ihren Anführer Simon Bourne entführt, tut sie sich mit einem Menschenmann von den britischen Special Forces zusammen. Nach sechs Monaten Arbeit sind sie endlich bereit, ihre Mission durchzuziehen und Bourne gefangenzunehmen. Aber ein Kuss wirft ihre Pläne aus der Bahn und verändert ihr Leben für immer.

Auf Wunsch seiner Schwester willigt Rafe Hartley ein, mit den Drachenwandlern zu arbeiten. Schließlich gehen ihm die Drachenjäger mächtig auf den Sack, und je weniger es von ihnen gab, desto besser. Die Frau, die ihm als Kontakt zum

Stonefire-Clan zugewiesen wurde, ist jedoch dieselbe, die er vor vier Jahren in Afghanistan verletzt hat. Sie verdrängen ihre Vergangenheit und lernen zusammenzuarbeiten. Doch mit jeder Begegnung fühlt er sich mehr zu der lebhaften, eigensinnigenFrau hingezogen. Schließlich gibt er der Anziehung nach und küsst die Drachenfrau. Was folgt, stellt sein Leben auf den Kopf.

Rafe und Nikki müssen nun entscheiden, was sie mit ihrer Zukunft anfangen wollen. Können sie noch zusammenarbeiten und einen Weg finden, Simon Bourne zu fangen? Oder wird ihr schicksalhafter Kuss zu einer Kluft führen, die sich nicht überwinden lässt?

Die Entdeckung des Drachen

Das Streben des Drachen

Das Drachenkollektiv

Die Chance des Drachen

Die Erinnerung des Drachen - erscheint demnächst

Stonefire Drachen Universum

Skyhunter gewinnen

Snowridge Verwandeln

Die Gefährten der Tahoe-Drachen

Die Wahl des Drachen

Das Bedürfnis der Drachenfrau

Ein Drache zum ersten, zum zweiten…

Die Bürde des Drachen

Die Schwäche des Drachen

Der Fund des Drachen

Die Überraschung des Drachen - erscheint demnächst

Die Zusammenkünfte der Drachenclans

Sommer in Lochguard

Über die Autorin

Jessie Donovan hat mehr als eine halbe Million Bücher verkauft, Hunderttausende weitere kostenlos an ihre Leser*Innen verschenkt und es sogar auf die Bestsellerlisten der *NY Times* und *USA Today* geschafft. Sie ist vor allem für ihre Drachenwandler-Serie bekannt, schreibt aber auch über Elfenhexen, Vampire, Alien-Krieger und hat sogar eine verrückt-komische Liebesromanreihe aufgelegt, die in Schottland spielt. Wenn sie nicht gerade ein Buch liest, auf ihrem Laufband joggt oder mit nur wenigen Groschen in der Tasche durch ein fremdes Land reist, findet man sie oft auf Facebook oder TikTok, wo sie mit ihren Lesern interagiert. Sie lebt in der Nähe von Seattle. Dort regnet es zwar oft, doch der Regen macht auch alles grün.

Besuchen Sie ihre Website unter: www.JessieDonovan.com

www.ingramcontent.com/pod-product-compliance
Lightning Source LLC
Chambersburg PA
CBHW020413150626
46554CB00013B/852